Jesús Fernández Santos
Paraíso encerrado

Jesús
Fernández Santos

Paraíso encerrado

Ediciones Destino
Colección
Áncora y Delfín
Volumen 403

© Jesús Fernández Santos
© Ediciones Destino
Consejo de Ciento, 425. Barcelona-9
Primera edición: marzo 1973
ISBN 84-233-0746-8
Depósito legal: B. 13.770-1973
Impreso por Gráficas Europeas
Filipinas, 3. Barcelona-13
Impreso en España - Printed in Spain

El Buen Retiro es una residencia real situada junto a una de las puertas de la villa. Primero el Conde-Duque quiso construir un pequeño edificio que llamó "la Gallinera" con objeto de guardar allí algunas aves raras que le habían regalado, y como iba con mucha frecuencia a verlas, la situación de aquel lugar, sumamente agradable, le indujo a levantar allí un pequeño palacio de forma cuadrangular, distribuido en cuatro pabellones. Hay un jardín con muchas flores y un surtidor que arroja con fuerza el agua. La parte construida tiene poca elevación y esto me parece un defecto; las habitaciones son espaciosas, magníficas y adornadas con bellas pinturas. En todas partes lucen el oro y los colores vivos.

Condesa D'Aulnoy. *Viaje por España*

1

Al filo de las ocho, cuando ese sol rojizo va resbalando desde el cielo sobre las fachadas aún cenicientas de las casas fronteras a la verja, se abren, una tras otra, las diferentes puertas. Primero la grande, principal, de triple arcada negra, con sus hierros trabajados, retorcidos, enhiestos en forma de lanzas, rosas o palmas con su rótulo que lleva el nombre de la villa; se abre la de la escalinata que pone fin al paseo de las estatuas blancas, alineadas unas frente a otras, hablándose, gritándose o dirigiéndose rotundos versos; se abre la de las solemnes y un poco misteriosas farolas azules con sus grandes penachos que son coronas cuyas ánimas lucen como faros remotos en el mar de follaje que bulle y se estremece tras ellos; se abre la pequeña, barroca toda de piedra blanca lo mismo que los reyes, con sus blancos jarrones y cestas que derraman frutas sobre el arco que encierra el escudo de España.

Todo lo abre la mano de ese guarda que surge cada mañana de la niebla, que no tiene ni rostro, ni pies, ni manos, sólo ese manojo de llaves enormes y pesadas cuyo rumor se viene acercando desde el fondo del bosque, antes de que las puertas crujan, suenen, rechinen hasta quedar abiertas como si, más que dejar entrar, dejaran partir algo que la noche, la poblada y húmeda oscuridad del invierno, el tibio palpitar de mayo o el vacío solar de los veranos hubiera encerrado, engendrado, en aquella masa cercada, sofocada y a la vez defendida, de aguas invisibles, monumentos rotos, estanques venenosos, palacios encendidos y animales que rugen, cantan o caminan.

El guarda cruza dormido a medias, con su cigarro consumido a medias por caminos de arena o piedra, junto a estanques donde duermen, bajo las pérgolas, los pájaros. Deja atrás perdidos monumentos y mira sin ver sus caballos de bronce a punto siempre de iniciar su corveta. Lleva el cigarro perennemente entre los labios y su penacho de humo va quedando atrás, fundido con las blancas fumarolas de la niebla. Sus pasos y el golpear de su bastón resuenan en el lecho de grava que el agua hace nacer cada vez que riegan los paseos. También se escucha el rumor intermitente del cuclillo y el monótono despertar de las palomas y el gotear perpetuo de canales y depósitos ocultos, antes de que, una vez las puertas abiertas, entre de fuera, de la ciudad que todo lo rodea, el rumor intermitente de sus horas, un rumor de agua grande, de continuo caudal, fluir que no tiene principio ni fin, ni oleaje tampoco como el mar, que crece con las horas, según el día avanza, y que encierra el jardín mucho más que esa verja tantas veces a punto de ser arrancada.

Con las puertas de par en par, ya cruzan los primeros autos, las primeras sombras, gente madrugadora que trata de abreviar, por los senderos del jardín, su camino al taller o la oficina. También hay quien va a pie por ejercicio y algunos que madrugan para entrar, esperando hallar aún, entre la luz que rompe los flecos de la niebla, las secretas migajas de la noche. Ya el sol va arrancando destellos en los lejanos miradores de las casas, en los macizos pinos, ya se vuelve amarillo en la estatua de bronce que domina a las demás, en el rostro del rey que domina el mayor de los estanques. A sus pies las barcas crujen y chocan entre sí cada vez que el agua se mueve al compás del canal que la alimenta. El rey, arriba, mira y sus ojos ven la explanada donde las bicicletas inmóviles esperan, los pabellones de cristal azul ahora, apagados ahora, rodeados de hileras de castaños que bajan hasta el agua, y el jardín de las rosas que guarda su secreto para mayo. Ve la iglesia traída, trasladada, reconstruida aquí, rodeada de cipreses, toda ruina en lo alto de su colina diminuta, el agua que comienza a animarse bajo los puentes, en inútiles cascadas, en fuentes que no manan, en multitud de pasos, llaves, acequias y canales. Ve ese humo que se alza

11

cada mañana, casi al tiempo que el sol, en el invernadero; una columna blanca o azul, según la leña venga verde o seca.

El rey oye, escucha los golpes secos en el embarcadero, donde con el buen tiempo se repasan las barcas, oye, escucha el golpe del bastón del guarda que es uno solo, el más viejo y principal, y descubre su rostro del color de la tierra del parque y sus manos y pies tan lentos y pesados. Escucha el compás de su bastón y sus llaves. A medida que los caminos empiezan a poblarse, poco a poco se aleja y finalmente desaparece más allá del estanque hasta la hora del crepúsculo, cuando todo el jardín es una mancha silenciosa y vacía encerrada en su verja, envuelta en el primer relente de la noche.

Las bicicletas

Pasaban como series de círculos, unas tras otras, persiguiéndose vacilando, cruzándose, tratando de evitarse sobre la arena húmeda aún, trazando caminos paralelos sobre los que aún restaban de días anteriores. No eran muchas, no eran tantas como ella recordaba en los domingos, de niña, cuando no aparecían aún herrumbrosas, soldadas, prehistóricas, pedazos, miembros rotos y vueltos a componer de tantas otras deformadas en quién sabe qué tremendos cataclismos. Las ruedas sin radios, las gomas remendadas, los tubos rojos de óxido, los manillares ya sin el leve sonar del timbre, pasaban y volvían a pasar ante ella, bajo los grandes plátanos de blanca piel, entre las dos cabañas africanas con sus tejados no ya de paja como entonces, sino de latón oxidado también, bajo el que los dos encargados del alquiler llevaban sus cuentas, de codos sobre el mostrador, mal compuesto con restos de tablones.

¿Serían ellos también los mismos de entonces? ¿Sobrevivían a su vez, arreglados, soldados, vueltos a componer como sus bicicletas? Quizás eran los hijos, sobrinos, nietos de aquellos otros dos que cobraban, apuntaban la hora y buscaban las

13

máquinas cuando aquellas dos grandes chozas circulares conservaban aún su porche en rededor de paja, lo mismo que los techos.

La luz en el gran rectángulo de arena rodeado de castaños era casi pastosa, lechosa, blanquecina. A ratos, un sol crudo, violento, lo bañaba a ráfagas, arrancando en todo su color, en todo su relieve, las siluetas de los ciclistas infantiles en perpetuo y fatigoso movimiento.

Había sido un mal día para acercarse a allí, y no a causa de aquel sol que a veces obligaba a cerrar los ojos, ni de aquella humedad que el jardín, denso en torno, transpiraba; había sido malo desde el momento en que Antonio dejó el coche aparcado en el paseo y tomándola del brazo, posando con placer los pies en la tierra acolchada por la lluvia, habían emprendido aquel vagabundeo por el camino habitual, a través de la tibia penumbra.

No era como años atrás — le explicaba a Antonio, sin atreverse a detallarle cuántos —, cuando aquellos bancos fueron retirados para que las parejas, los novios, los chiquillos no se pudieran detener, para impedirles en lo posible llegar hasta el amor por el cansancio. No era como tanto tiempo atrás, con los eternos guardas deambulando a su vez, ojo avizor, atisbando desde las rotas esquinas de aligustre. No había bancos entonces. Era, de todo, lo que mejor recordaba. Quizás alguno de piedra que

14

no pudieron arrancar, que no pudieron llevarse, y ése siempre ocupado por el viejo que lee o descansa en su viaje sonámbulo a través del parque o repasa una vez más el periódico, lanzando luego una mirada a través de la tupida maraña que cierra los caminos a lo lejos. También llegaba más suave ese rumor de fuera que tan sólo se calma a la noche, que quizás ni siquiera se oía, que quizás se confundía con el otro rumor de los canales del estanque.

Pasear, andar, años después, ya en los tiempos de la Facultad con Ana, antes de su rápida boda sin acabar siquiera la carrera. Vagar entre los árboles en los días de fiesta, solas antes de que ella conociera a su marido, charlando, callando a veces tardes enteras, interminables de aburridas, imaginando citas, frustrados noviazgos, intentando, como de niñas, olvidar tras de sí, en aquella casa gris y monótona al otro lado de la verja, la propia, invariable imagen de sí mismas.

Pero apenas cruzada la calle, nada más salvada la verja donde campea el nombre de la villa, aparecían los tilos amigos, el aligustre amigo, ese olor a hojas, leña, tierra quemada, que tanto acompañaban. Pasear, entrever a los chicos a lo lejos, a través de los vanos flotantes de las ramas, espiarlos como a los pájaros, desear su presencia, huirlos luego, acecharlos, aguantar a la noche las razones

15

de la madre cada vez que volvían del parque al filo de la hora, ya cerradas sus puertas.

Y sin embargo, allí nada podía sucederle, nada sucedió nunca, a pesar de las historias que en la casa contaban. A fuerza de escucharlas, de recordarlas luego, pensaba que la madre, allá arriba, encerrada tras su cristal, contemplando abajo aquel rectángulo de estatuas, bancos, paseos y aguas inmóviles, hubiera deseado, al menos una vez en la vida, ser raptada, violada, maltratada de algún modo, incluso encontrarse en alguno de los viejos bosquecillos del fondo, con aquel hombre que solía desnudarse de cintura a abajo cuando sentía cerca voces de muchachas.

Ana sí que había sentido una vez ese rumor de pasos sobre los propios pasos. O quizás mentía o se lo había imaginado y deseaba que sucediera también, lo mismo que la madre.

Quizás la madre, cuando quedaba sola a la tarde, después de los trajines del día, encerrada allá arriba en su caja de cristal paseaba por aquí también, seguía los laberintos que en la arena dejaban los jardineros y los guardas. Al menos quedaba durante mucho tiempo mirando a abajo, con sus grandes ojos inmóviles cansados de mirar a lo lejos, de abarcar en sus pupilas todo el parque. Quizás entonces galopaba por allí el rey sobre aquel caballo de bronce robusto y vivo, cuya anatomía tantas bromas inspiraba a los chicos, sobre todo en alguna de sus partes. Cruzarían por allí quién sabe qué palabras, olores, silencios, voces, la mano de aquel otro que atraparon al fin, tras de mucho acecharle, tratando de posarla, introducirla, sacrificarla al fin, sobre alguna muchacha; la boca, el duro pecho, los músculos rotundos de aquellos dioses jóvenes, desnudos, acechando entre los árboles también, exhibiendo, a su modo también, aquel su cuerpo inmóvil a punto de estallar, tan poderoso.

Todo el mundo esperaba allí, acechaba. De niña, a las otras niñas y sus brillantes, niqueladas bicicletas, jugando juntas en círculos cerrados, establecidos rígidamente por las criadas y las amas, amigas tal vez del día y de la noche, del verano cuando desaparecían rumbo a quién sabe dónde y del invierno, ya mayores, en colegios de nombres complicados.

Las espiaba sin saber bien qué envidiaba por entonces, sin saber qué era lo que más recordaba de ellas a la noche, en su cuarto que daba al parque y hasta donde llegaba en la noche el rugir del león como un trueno profundo y subterráneo, como el eco de todas aquellas historias de la madre.

"¿Conque un león?", preguntaría Antonio, si le hubiera explicado ahora en qué estaba pensando. Más tarde perdería aquella forzada expresión de asombro y pasaría a contar, a inventar tal vez cómo él también soñaba una vez que un león le perseguía en sueños. O puede que otra historia. O quizás se echara a reír con aquello de que, en la casa, las horas de comer acababan rigiéndose a la larga por aquellos rugidos de abajo. "¿Conque un león?", y puede que la mirara con cierto amor como cuando le hablaba de su infancia. O con aquella curiosidad, que molestaba un poco, de la primera vez cuando Ana se lo había presentado, esa mirada que a veces reaparecía sorprendida en el espejo, fija en ella sin darle apenas tiempo a buscar el refugio de las sábanas o más tarde, ya en la penumbra, navegando, subiendo hasta su boca, bajando luego cada vez más lejana, por el agrio camino de sus pechos.

Pliegue con pliegue, boca con boca, brazo con brazo, en su forma de pesar, de huir, de estremecerse reconocía a Antonio. Después, según los dos acababan de vestirse, extraños otra vez, hostiles resentidos, cuando el silencio aquel que tan bien conocían barría el paisaje desolado de la cama deshecha y vuelta a cubrir tras de borrar sus huellas, volver a comenzar, arrancarse a sí mismos la primera palabra, era como poner en marcha una pesada máquina, una de aquellas oxidadas bicicletas que los niños, ahora, trataban de mantener en pie antes de lanzarse a correr sobre la arena.

Fuera de aquella otra penumbra de la que recordaba apenas el rumor de un ascensor cercano o el brillo ceniciento del cono de una lámpara, las palabras apenas tenían otro sentido que el propio, natural: viajes, trabajo, recuerdos, dudas, pero no aquel mágico, distinto más allá del común repertorio de las cosas, que ella siempre buscó a través de Antonio o en cualquier otro que hubiera llegado por entonces.

Ana, Antonio, el mismo Esteban hubieran afirmado que aquello eran resabios de pasados tiempos, residuos de todos aquellos libros, novelas, películas, poemas que llenaban su vida por entonces y que la Facultad no había hecho sino enmascarar, dar otras formas, latitudes, nombres. Posiblemente. Seguramente ya no estaba en edad de cambiar y aún antes de la vuelta de Ana y su frustrado viaje a América y su frustrado matrimonio, en sus horas vacías, que eran casi todas, buscaba a veces esa especie de amor de las terribles dudas y los paseos solitarios.

Bien, los paseos continuaban, existían, casi a la misma hora, cuando Antonio pasaba a recogerla y también existían las horas en aquellos sofás enormes, remotos, relucientes, en cuya soledad pastosa las palabras parecían pesar otra vez, perderse sin sentido, opacas, fatigosas, como sobre los laberintos blancos de la cama deshecha. Era aquél un paulatino desdoblarse en espacios infinitos y vacíos, una tarde tras otra, espacios cada vez más pequeños que no encerraban nada, en los que la realidad de las cosas se perdía al fin, y que a Antonio sólo importaban para poder llenarlos a su vez, más tarde, con las horas de aquel otro amor al que ella a duras penas había llegado sin desearlo demasiado, a no ser que también se engañara como la madre.

Por lo demás, palabras: el trabajo, un poco de política por lo que los periódicos contaban y muchos viajes, largos viajes dentro y fuera del país a los que ella jamás podría acompañarle. Palabras, silencios, frases repetidas, formas, espacios vacíos, historias como aquélla de Ana que pidió a su amante como recuerdo de uno de sus viajes, una batería entera de cocina, algo casero, matrimonial, o esta otra del león que Antonio no iba a entender, de aquel león que regía las horas de la casa.

A no ser por Esteban allí estaría aún, probablemente, en la casa vecina al parque. Las demás encauzaban su vida, a veces como Ana, a través de noviazgos arriesgados. Esteban había llegado, se había acercado allá en el bar de la Facultad con su aire vago, distraído, y a su sombra su vida había cambiado tal como ella a veces deseó, casi siempre sin muchas esperanzas.

De una casa a la otra. De la casa negra y antigua junto al parque a un piso provisional y del piso al chalet con su jardín infinito, con las casas a medio edificar, sembradas a lo largo de trochas y vaguadas.

Y a no ser por Antonio, a su vez, allí estaría ahora, esperando la vuelta de los chicos. Los pequeños apenas saludaban. Sólo les preocupaba desprenderse de abrigos y carteras deformados, cubiertos de agua y polvo, y reforzar la merienda del colegio. Lanzaban al paso una rápida mirada a la televisión y se encerraban en su cuarto con sus revistas de coches y sus discos. La casa continuaba en su silencio de antes, sólo animado a ratos por el viento que azotaba las encinas y, en los días de lluvia, por el estruendo más cercano de invisibles aviones que parecían cruzar sobre ella rozando los tejados. Con el buen tiempo, a la tarde, salía al jardín, a aquel otro jardín del césped que tanto costaba mantener en aquella llanura de arena, de la piscina, cuyo depurador nunca acababa de funcionar, y juegos para niños que era preciso volver a pintar a cada primavera. Salía, paseaba, miraba el agua con su mancha de polvo y hojas que el viento arrastraba cada noche, esperando el rumor del coche de Esteban más allá de las lomas con surcos aún donde ya no se sembraba. Esperaba como de niña, a lo largo de los tibios paseos de las estatuas blancas, algo que conmoviera, que agitara de algún modo los sólidos cimientos de su vida. Se sorprendía mirando, abriendo el buzón, palpando su interior, aunque tan tarde nunca llegara el cartero junto a la valla a descargar su abultada cartera. Luego se resignaba. Salvo Ana, allá en América, en Colombia o Venezuela, no recordaba bien, las amigas de antaño se fueron borrando a partir de su boda y aún más, definitivamente, cuando ella se alejó a su vez, marchándose a vivir entre las lomas.

Una casa costosa, pagada a medias, edificada a medias, ajardinada a medias, mirando a una llanura que era a su vez la antítesis del parque, desnuda, amarillenta, con sus troncos escuálidos recién plantados en torno a los chalets, como allá lejos los postes de las emisoras que una ley que Esteban conocía obligó a sacar de la ciudad por quién sabe qué razones.

Esteban, que la había salvado del tiempo de la Facultad y el parque, llevándola al pequeño piso donde fueron naciendo los niños, al fin la había devuelto a aquellos cerros de donde la sacó para casarse, aquellos laberintos de lomas y vaguadas coronados por las antiguas ruinas de la guerra. Ahora que ya aparecían remozadas, curadas, ampliadas en muchos edificios nuevos, no se vivía como entonces recordando, se vivía más del presente, al menos eso aseguraba Esteban. Ahora, de aquellas ruinas sólo quedaba algún talud maloliente, convertido en vertedero; hasta las trincheras y los macizos nidos de ametralladoras fueron borrados. Y borrados estaban también los años que vinieron después, aquel vago recelo de tantos, el silencio de entonces, el afán por ocultar los pensamientos, aquellos primeros, esporádicos letreros surgidos fugazmente sobre los muros del paraninfo, picados apresuradamente ante los ojos asustados del decano.

Ahora que la hija mayor estudiaba allí mismo, en aquellas mismas aulas, resultaba curioso cómo todo aquello tan claro, fijo, preciso, detenido en un tiempo, en un instante, podía resultar tan lejano e impreciso, incluso para Esteban. Para él aquellos días carecían de significado, era un tiempo, una anécdota más, como el día del primer cigarro, o la primera mujer, si es que no conocía el amor sólo de oídas, antes de decidirse a casarse con ella. Era inútil hacerle recordar, juzgar, a fin de hacerle comprender a Celia cómo fueron los años aquéllos, cuando volvía hablando de pedradas y gritos y carteles, de huelgas y sentadas. Se notaba que Celia no escuchaba y que Esteban se limitaba a asentir, quizás intentando buscar de buena fe, buceando allá adentro, en su hermosa cabeza.

A veces, de no haber sido por los guardias y las piedras, hubiera bajado andando, paseando hasta aquellos nuevos bloques, tan distintos a los antiguos, donde la vida de Celia transcurría desconocida para ella. Pero aquellos parajes no solitarios ya, con cientos de autos aparcados, pasillos atestados también, bedeles pidiendo los carnets y guardias formados a la puerta, le asustaban. En cambio Celia volvía cada tarde tranquila a casa, en su ciclomotor, que con tanta seguridad conducía por aquellas a veces peligrosas carreteras secundarias. Era un artefacto, como todo cuanto la rodeaba, sutil, de un blanco rutilante, con un suave sonido, un perezoso ronroneo que anunciaba de lejos su venida. Su aparición ahuyentaba por un instante el desaliento, el aburrimiento, la pereza, hacía olvidar las perpetuas luchas de los pequeños a esa hora en que las sombras de las encinas se enlazaban en torno de las casas, al otro lado de sus cercas blancas. Sobre el leve artefacto surgía entre los olivos y carrascas olvidados, abandonados ya sobre las lomas, tan segura, tan ajena seguramente a todo cuanto iba dejando a sus espaldas como estos niños cuya única obsesión ahora consistía en mantener el equilibrio a pesar del suelo desigual y las

24

ruedas hinchadas a medias. Era un mal día. La vida que a veces era, que siempre fue un vivir de aguas tranquilas para ella, de pronto se rompía, se deshacía por algún lado y por aquella invisible grieta quedaba tal como había sido en realidad, tal como aquel gran estanque a sus espaldas, tranquilo, pero absurdo con su hilera de barcas escoradas. Y todo aquello había venido de allá, de aquel otro rectángulo de arena, de aquellos manillares altos como testas de ciervos, de aquellas reconocidas bicicletas. Era inútil lamentar el tiempo, la edad perdida tanto como olvidarla, intentar perpetuarla, lamentarla o complacerse en ella. Como leyó una vez en sus tiempos de facultad, la vida no puede repetirse, no se puede volver a entrar en ella. Ni salir, por supuesto.

Por entonces tan sólo deseaba cambiar, pero sin demasiado esfuerzo, con el mínimo riesgo, esperando tan sólo, tal como debió ser el destino de aquellas reinas que, sobre su cabeza, gobernaban los paseos. Y en cierto modo lo había conseguido desde el día en que Esteban tozudamente se había empeñado en acompañarla desde la Facultad hasta la casa fea y negra. Pero a Esteban le daba igual la casa, quizás ni la veía. Tenía la sencillez que da la seguridad y la seguridad que arrastraba aquel piso donde vivía aburrido y solo, y otras rentas que dividían con sus hermanos y que poco a poco, con los años, se fueron concretando.

Tras de Celia vinieron los chicos y cuando ellos a su vez comenzaron a navegar por el jardín sobre sus ruedas silenciosas y brillantes, ya Celia iba, cruzaba, se alejaba o volvía por entre las encinas, en su artefacto inmaculado y susurrante, recién duchada, con su melena dorada al viento, como aquella otra estrella adolescente de los jóvenes años de la madre. Allá iba con sus ceñidos pantalones y sus libros atrás, quién sabe rumbo a qué nueva aventura cotidiana, imposible de adivinar en sus pocas palabras, en sus escasos comentarios, en aquel modo de mirar que cerraba el camino a nuevas preguntas y que recordaba, sin querer, a la abuela, a la madre mirando tras de su cristal el bosque abajo poblado de estatuas. Allá iba, quién sabe si alegre o no, si estudiosa o no, si casta o no como aquella otra estrella lejana a la que al cabo se le descubrió un amante — un fraude a fin de cuentas para todos —, si dispuesta a asistir a alguna de aquellas asambleas, o en busca del amor, de alguna de aquellas medrosas sombras que a la tarde asomaban por el jardín al pie de rumorosos automóviles.

A veces se complacía imaginándola, llenando aquellos silencios suyos habituales, de estudio, virginidad, provecho, de todo cuanto ella tuvo o no a lo largo de su vida, pero que no intentó siquiera, y que ahora, a la vuelta de sus paseos con Antonio se alzaba a su paso, nada más acercarse al umbral de la casa. Otras, sobre todo en las ausencias de Esteban, cuando la vuelta de Celia se prolongaba hasta bien entrada la noche, dejaba resbalar sobre su recuerdo la imagen de aquellas otras chicas que a menudo desfilaban por la trastienda de la *boutique* de Ana. Crecidas, nacidas casi en el amor, saturadas de amor, lo sentían como una víscera estragada, se nutrían de amor, vomitaban de madrugada amor, quizás ese mismo amor del que más tarde acabarían viviendo. No la quería agria de noche, estragada como ellas. No tenía tampoco una imagen a mano, un ejemplo propio o ajeno convincente, aunque quizás Celia, recta, casta, virgen, viniera a ser su propio paradigma. Allí a solas, en el jardín, escuchando el rumor de la autopista a lo lejos, bajo el relente frío de la sierra, no acertaba o en realidad temía imaginar su vida; quizás por ello gustaba de compararse con la madre, allá en su mirador, acechando tras los cristales, abajo, en la espesura, la furtiva pisada de los dioses blancos.

¿Qué sabía? ¿Qué imaginaba Celia? Tal vez era capaz de leer en sus ojos, en su actitud, en aquellos silencios con el padre, mucho más que ella misma en aquellas otras vagas alusiones, en sus vagas respuestas, casi siempre ambiguas, como de horóscopo, cambiantes, complacientes, tan fáciles de acomodar a los deseos, a sus preguntas tan poco decididas. Temía su opinión, su juicio, y si no había juicio, temía, sufría más aquella indiferencia y se pasaba largos momentos contemplándola, escuchándola, sintiéndola girar en torno a sí, tan lejos y a solas.

Llegaba a tenerla tan presente, no sólo en la noche, en las largas esperas de la madrugada, sino hasta en pleno día, que a veces, en la explanada de las cabañas de techumbre de paja, se estremecía ante la imagen de los chicos besándose en los bancos. De pronto sentía la necesidad de susurrar a Antonio su verdad sobre aquel amor de horas marcadas, de días casi fijos, de caminos sabidos de antemano como los de un laberinto conocido.

Igual que un laberinto: franquear la puerta, proponerse encontrar la salida, descifrarlo, luchar en él, gemir, luchar, vivir, volver una vez más al sitio de partida, llorar de tedio y al final alzarse de la cama con esa sensación de tiempo huido, empleado en nada, gastado en algo que, según Antonio a menudo repetía, no estaba donde la gente cree, sino arriba, al otro extremo, mucho más allá del cuerpo compartido.

Y Celia que tardaba, que no aparecía, que jamás reprochaba nada a nadie, ni al padre por supuesto, lo cual era infinitamente peor, que quizás sabía, callaba y perdonaba, si es que ahora se acostumbraba a perdonar siquiera, que a su vez también vivía, amaba, quién sabe si luchaba, dónde, cuándo, con quién, en aquel otro laberinto que siempre iba surgiendo entre las encinas, a medida que las horas se amontonaban sobre el silencio vacío de su vuelta.

Ana había vuelto de su matrimonio, distinta y sola. Primero para unas vacaciones largas, como todas, luego, tras unos meses, definitivamente separada o divorciada, con su situación arreglada, en fin, cara a un porvenir próximo que a toda prisa estaba dispuesta a dar forma. Apenas se acordaba del jardín. El tiempo de la Facultad, comparado con lo que allá en América los periódicos contaban, era cosa de niños, incluso lo de ahora. Todo el tiempo en común de las dos se había borrado a la sombra del marido. Y era curioso, porque en medio de ese vacío involuntario quedaba en cambio la amistad de las dos, como algo invicto, respetable, a salvar a su modo, dándole forma también a través de llamadas casi constantes, de monótonas presentaciones, en un vagar constante más allá de las personas y las cosas.

Era como si de pronto algo hubiera estallado allá

adentro de aquella Ana que se fue un día a América, a casarse, sin llamar demasiado la atención, sin despertar envidias, por supuesto. Ni siquiera hablaba mal del marido, ni de esa especie de frente común contra algo, contra alguien, no bien especificado por las otras, siempre en busca de una oscura revancha, vagando a su vez, de reunión en reunión, de penumbra en penumbra, de cama en cama, sin saber por qué muy claramente, luchando por sobrevivir a lo sumo.

Tan sólo repetía aquello de "No te conviertas tú también en un gusano", o eso de "Hoy todas las mujeres estamos locas", y parecía alegre, más amistosa y leal, desde luego, que en los lejanos tiempos del parque.

Así, pues, no acabó convirtiéndose en gusano. Dejó su cueva con esa sensación agria y nueva a la vez de tomar el último billete para el último tren de las causas heroicas. Tan difícil le resultaba arrojarse, deslizarse en la penumbra, desnudarse, mirar la ropa al pie, hundirse entre las formas hostiles de las sábanas sin tener una buena razón, salvo que Antonio fuera a su vez, ahora, tan tenaz como Esteban años antes.

Era apagar la llanura y sus encinas descarnadas, dejarla a un lado y volver sin Ana, a los tiempos de las reinas del parque, mas sin la sensación de entonces de no agotar jamás sus días, sus caminos, de esperar siempre algo como infinito, nuevo, inefable.

Ahora, en cambio, todo estaba cerca, concreto, a la mano, incluso el cuerpo aquel en el espejo, que a la luz de la pantalla cónica envejecía cada semana a pesar de los masajes y las saunas, aquellos ojos grises como los de la madre, al fondo de los cuales pasaban nubes blancas, pensamientos vacíos, deseos remotos, vagas figuras que dejaban tras sí un sabor espeso y agrio.

Había sido una mala ocurrencia volver allí, insistir en aquel sitio. Sería preciso cambiar de parque, buscar un lugar insólito y a la vez agradable, como en las películas, dejar, cambiar tal vez a Antonio, tan sereno y tenaz en cualquier circunstancia, siempre en contacto solidario con la vida en torno de la que en realidad se sentía bastante satisfecho. Tan eficaz como ahora que se alejaba para levantar del suelo a una niña caída sobre la arena sucia de la explanada.

La niña lloraba un poco estúpidamente, como todas las niñas. Había sido una caída sin importancia, casi a cámara lenta. Sólo la sangre que en la cara parece que trae siempre la muerte tras ella. Las bicicletas más cercanas se habían detenido y el grupo de niñeras y criadas alborotaba más allá de su corro de labores. Una de ellas se acercaba a buen paso, al encuentro de Antonio, en tanto que la niña, de su mano, arreciaba en el llanto cada vez que miraba sus manos rojas. Ruegos, indecisiones y una nube de niños en torno, arrastrando sus máquinas. A poco Antonio volvía a disculparse. Era preciso ir en el coche hasta la Casa de Socorro. Nada más dejar a la niña y volver. En diez minutos llevaba a cabo su buena obra. Tras él, la criada gimoteaba estúpidamente, en tanto que la niña apenas apartaba sus ojos de las manos. El círculo de amas, guardas y niños miraban hacia el banco. Apenas supo asentir, aceptar con un gesto; ya Antonio se alejaba. Llevaban a la niña por su paso. Se disolvía el grupo de cofias y delantales blancos, bicicletas enormes y triciclos maltrechos. Ya nadie espiaba por encima del aligustre y las ruedas de distintos tamaños y colores volvían a cruzarse sobre los caminos trazados de siempre. Otra vez cada cual era pareja, compañero, parte de su máquina, otra vez comenzaba aquel ir y venir de contradanza en el gran rectángulo de arena luminosa.

Y no era su soledad, quizás un poco ridícula si pensaba en la razón de la marcha de Antonio, aquellas obligaciones rigurosas que a veces se tomaba, ni era ahora el tedio, ni siquiera la pereza lo que le hacía sentirse incómoda, irritada, odiar aquel laberinto de círculos móviles, su ir y venir monótono envuelto por lejanas voces.

De pronto era un rencor, no sabía hacia quién, si hacia todas aquellas vagas figuras o hacia Antonio en concreto. De pronto se sintió ridícula ante aquella espera y la vuelta a casa y la cena de los niños y sus palabras a la noche con Esteban y Celia. Era fácil alzarse, alejarse del rectángulo poco a poco vacío, luminoso, vagar durante unos instantes bajo las verdes bóvedas, escuchando el rumor de fuera, la voz de los canales invisibles, los gritos de los juegos del estanque. Era fácil incluso acercarse hasta la verja de la casa de cristales en lo alto, donde un día encontraron a la madre, de bruces sobre las macetas de geranios.

Se alzó. Nadie en el círculo de batas blancas había vuelto siquiera la cabeza. Mejor. Alejarse, perderse ahora despacio, sin llamar la atención, camino de ese rumor continuo, de ese mundo cruzado a mediodía con Antonio. Alcanzar una de aquellas puertas monumentales. Quizás Antonio tardara más de lo que pensaba, quizás cuando no la encontrara creyera que se había ofendido. Y no estaba ofendida, ni tranquila tampoco, ni contenta.

Ahora que ya las voces quedaban borradas detrás, sin querer aflojaba el paso, temiendo, a su pesar. el fin de aquellas bóvedas de luz pastosa, tamizada, acogedora, túneles cada vez más estrechos, más cerrados que desembocaban inevitablemente en cualquiera de las venerables puertas. Y al otro lado, donde la viva luz hiriente de la calle comenzaba, empezaba otra vez aquella vida, su vida hacia las blancas, peladas lomas, sembradas de casas pegadas a la tierra con sus fingidos aleros de madera, a través de encinares separados, divididos, conservados en parterres, convertidos en árboles de jardín, en monumento a su propio paisaje destruido.

Ya la puerta estaba allí. La pequeña, de hierro, casi de servicio, recortada en la misma verja, abierta de milagro. De buena gana la hubiera cerrado tras de sí. Incluso miró un instante los goznes oxidados de sus hojas, luego; al fin, también ella quedó a sus espaldas.

Era, fue, estaba siendo, había sido verdaderamente una mañana negra. Como Esteban diría: un día puñetero.

2

A lo lejos, por encima de las modestas tapias, se ha ido alzando esa torre cuyo dorado chapitel se enciende a la caída de la tarde. Hay otras más que van naciendo apresuradamente en la llanura donde la gran mancha de polvo comienza sobre la tierra descarnada. Madera, adobes, pausadas caravanas acarreando piedra, ladrillo, herrajes, entre un espeso bosque de andamios, torres y maquinaria. Todo el país, sus oficios más diversos están allí representados. Se trabaja el granito y el mármol, y el calor del bronce fundido se confunde con el otro de los hornos en donde se preparan ladrillos, estuco y azulejos. Aún los renuevos plantados con prisa también, aprisa, como todo, no llegaron a asomar. Todo es una gran mancha de polvo, voces, chirridos de poleas, carretones, trote de asnos cargados con serones de arena o cal, y aplomado pisar de bueyes con su carga de piedra trabajada.

De noche, a luz de la gran luna del verano que vuelve más amarillos los adobes y más cetrino aún el rostro de los hombres, los muros continúan progresando, aupados por la voz de los capataces, hacia esa misma luna cuya luz se mezcla con la de las hogueras que abajo rompen la oscuridad de los andamios.

Toda la tierra en torno ha sido incautada, allanada, apisonada, demolida, horadada. Cada día, a media mañana, llega de la villa el maestro mayor que extiende, ante los muros crecidos en la noche, sus grandes y minuciosos planos donde marca los plazos que se van cumpliendo del apurado compromiso. Extiende gravemente los grandes pliegos de menudo trazo, de anotaciones infinitas que desde las orillas invaden, como manchas de humedad, cifras, alzados y plantas, y comprueba con paciencia cómo todos aquellos jardines y glorietas, cascadas, ríos, grutas, puentes, bosquecillos, toman forma bajo esa nube opaca que flota, día y noche, sobre el gran rectángulo principal, envuelto todo en una eterna tempestad de gritos, poleas, clarines y martillos que no se extingue ni en los días de fiesta.

De la pequeña villa a sus espaldas, ningún rumor le llega. Allí sólo se escucha, desde ella sólo se mira, se calcula y mide cuánto se gasta, cuánto vendrá a costar cada una de esas torres, cuánto las historiadas puertas, cuánto será preciso pagar por carpinteros, albañiles, jardineros, hortelanos, por toda aquella prisa repentina, nacida a lo largo de una semana apenas y que debe durar todavía muchos años. Pues a medida que los muros de ladrillo van tomando apariencia de palacio, los dos arquitectos principales van ideando, en torno, jardines nuevos, estanques para las galeras de recreo, ya casi a punto en los astilleros reales, y un teatro con toda clase de máquinas escénicas y tramoyas, cuyo fondo debe quedar abierto en ocasiones para que el parque, ese parque aún por nacer, sirva de decorado a los cantantes.

A veces, en verano, de la remota sierra azul que sirve de límite a la villa en su extremo opuesto, se alza súbitamente un viento agreste, húmedo, que barre a flor de tierra el lentisco, la jara y el romero. Las turbias, pesadas tolvaneras se agitan hasta soltar sus ráfagas que estremecen las encinas, hacen doblar sus penachos a los álamos y arrastran consigo el olor agrio de los lejanos pinos. En la villa, que es aldea de adobes en torno de la piedra de su alcázar, se ajustan las ventanas abiertas a los patios interiores y se aguarda el primer estallido que arriba abrirá con su tajo la luz un torrente sobre el cañizo de las casas. Ya llega el viento con su cortejo resonante, ya se ampara, corre, se adueña de las casas maltrechas y pequeñas, de las plazas sin pavimento honrado, excava el sedimento de los perdidos muladares. Por toda la villa se esparce aquel hedor y con el agua corre otra vez camino de la vega. El agua barre, desluce aún más, el revoque perdido de las calles, arrastra consigo la cal, se filtra, corre, deshace, desbarata, va empujando camino del río, por los secretos vertederos que horadan los taludes del alcázar, los cimientos de esta ciudad de polvo, las raíces secretas de esta ciudad de barro.

Tras de cada tormenta es preciso techar la mayoría de las casas, cerrar corrales, levantar palomares hundidos por el viento, amasar, fraguar, construir a toda prisa, tal como se hace en el palacio nuevo. Allí sólo se detiene el trabajo en lo más recio del temporal, cuando el agua apenas deja oír la voz de los capataces, ni distinguir los colosales esqueletos de madera que aún esperan a que en sus tablas se clave la pizarra. Apenas el turbión escampa, ya están los maestros albañiles escrutando el cielo. Apenas cede el rumor del agua, ya se escuchan sus órdenes y gritos. Maestros y peones vuelven de nuevo a sus cabrios y andamios, a sus sierras y cuñas y cinceles guardados apresuradamente. Han venido de campos a muchas leguas de la villa donde todo son pastos, donde no se cosecha, y se darían por muy contentos si las obras durasen el resto de su vida. Para ellos, en tanto los muros crezcan y se hagan más y más complicados, al compás que marca cada mañana el maestro de obras, no hay hambre ni gabelas, ni impuestos sobre la sal, la carne o el pan que la villa, en cambio, debe sufragar hasta esa suma insólita de veinte mil ducados, destinados a ese mismo palacio. Algunos además esperan quedarse de algún modo, ligados definitivamente a él. Cuando esos muros no demasiado altos, no demasiado recios, quizás no del todo terminados, se inauguren en su parte primera que es el palacio en sí y su gran plaza de ceremonias, muchos de esos peones acabarán de criados, acemileros, cerrajeros, braceros, encargados de acequias, aunque tal menester se encargue por lo común a antiguos hortelanos. Entre esas mil personas que guardan, miman, cuidan el viejo alcázar, que deberán pasar en parte al palacio nuevo, se necesitarán, antes que nada, jardineros. Quizás el parque perdure, mantenga sus raíces en la tierra, cuando todo aquel amasijo de adobes y premura caiga, vuelva al polvo, deshecho. Puede que mucho tiempo después, cuando los plátanos solemnes, las acacias, negrillos, cedros y robles vayan alzando del barro la cabeza y vivan y lleguen a formar ese bosque que arquitectos y peones proyectan y desean, ellos, los nuevos guardas, antiguos jardineros, sigan vigilando, vagando por sus frondas, abriendo la gran verja a la mañana con su pesada llave, deambulando junto al estanque ya sin norias en sus cuatro rincones.

Los gatos

Ahora que, al fin, la lluvia cesa, puede abrirse la ventana. El agua no salpica los oscuros y opacos muebles, la mesa, los estantes del archivo ni el hundido sofá por donde se deslizan perezosos los gatos. A veces se acurrucan en alguna de sus grandes concavidades, en sus dos tibios nidos y allí quedan soñolientos hasta la noche, mirando a lo lejos la maciza mesa forrada de hule, sobre la que se amontonan rimeros de impresos del Ayuntamiento. Cierran, abren, entornan ceremoniosamente sus pupilas o duermen, como inmóviles mandarines. Nunca alteran su paso en el interior del cuarto, ni rompen el silencio como a la noche, en el parque, en busca del amor bajo las frondas. Allá, entre la espesura, gritan, lloran, sollozan o disputan en sus fiestas de amor, pero durante el día se tienden sobre el sofá, el archivo o las sillas en aquel grande y profundo cuarto que hiede a ellos y a los otros animales que van y vienen abajo, en las jaulas al borde del paseo.

Los gatos, no. Vuelven entre dos luces, cuando las copas desnudas de los olmos comienzan a arañar la aurora, llegan hasta la ventana que el jardinero mayor deja siempre entreabierta y empujan con su pie de uña suave y delicada las aldabas hinchadas por tantas manos sucesivas de pintura. Con paso quedo, medido, grave, van ocupando su lugar habitual sobre la guata del sofá o prenden con saña sus uñas en la falda de las gastadas cortinas, como aprestándose para los combates de la noche.

En tanto dura el día quedan inmóviles. Ni la lluvia, ni el rodar de los truenos sobre el tejado, ni el viento agitando los eucaliptus venerables descomponen su sueño, ni siquiera la llegada de la mujer que apenas quita el polvo de la mesa y deja tras de sí, en la ventana, un puchero pequeño, cargado de medrosas golosinas. Como el parque, sus carcomidos reyes, sus ponzoñosas aguas invisibles, se hallan siempre presentes iguales a sí mismos, sin que los años pasen para ellos, sin que las estaciones o la humedad o el bochorno o el amor, encrespado y noctámbulo, desgaste su armonioso espinazo, sus lustrosas grupas, mudos, lejanos, turnándose sin lucha, en sus nidos de día, riñendo en la espesura de sus rumbos de noche.

Ahora que la lluvia ha terminado según parece, al menos en lo que resta del día, se puede cerrar definitivamente la ventana y echar una ojeada sobre el hule apagado de la mesa por si quedó olvidada alguna carta del viejo jardinero mayor, alguna de esas consultas interminables que es preciso atender: peticiones, protestas de trasplantes, semillas, talas, comunicados de algún concejal que no pueden quedar sin respuesta.

Ya días atrás, hizo la pira de los papeles viejos, de aquellos que molestan sobre la mesa, ya se ha ido acostumbrando al raído sofá, a los armarios forrados de caoba, al otro jardinero, viejo ya, el más viejo de todos, ahora a sus órdenes también, ya casi ciego, lo que no le impide enseñar los senderos a los más jóvenes, o adivinar cuántos años de vida les quedan a las hayas más viejas del parque.

Él también lo sabía. Llegó a conocer el tiempo de cada mata de lentisco, los crujientes cementerios de hojas, el restallar de sus hogueras en otoño, el turbio gris del humo de sus restos; lo conocía todo al poco tiempo de cruzar por vez primera la gran verja de faroles azulados.

Va de la mano de aquel hombre callado, pariente, amigo, compañero, no recuerda bien si pariente del difunto padre, por entonces no difunto todavía, pero ya con la muerte en el cuerpo, allá en la aldea cercada de montañas; va de la mano de aquel hombre, va bajo su mano ahora, ya que él acaba posándola en su espalda. Han llegado a la casa de ladrillos, una planta alargada con estrechas ventanas como balconcillos que se asoman sobre las jaulas de las fieras. Y en tanto el viejo jardinero mayor examina al muchacho, mira, calcula sus medidas, su aptitud, sus fuerzas, llega la tenue, monótona voz de su acompañante: "Es el chico de aquel encargado del parterre, aquél que se volvió, que se marchó, que le dimos la baja a primeros de año". El viejo apenas oye, aunque de cuando en cuando balancea el rostro y parece mirar a lo lejos las revistas que se derrumban como gavillas, en los estantes. En tanto, las palabras van cayendo en el vacío, en la penumbra inmóvil, si no fuera por el fluir intermitente de los gatos. De abajo, de más allá de ese piso de madera, de esas tablas combas que parecen a punto de ceder, llega un rumor de pasos de animales, sollozos, ecos, toses, gruñidos, y sobre todo ese hedor a excremento, abandono, podredumbre, que todo lo invade, que no se sabe si llega hasta el anciano, si el anciano lo nota, si el amigo del padre, inmóvil con su voz monótona, es capaz de soportarlo aún durante mucho tiempo, si forma parte de la casa como la alfombra rota.

Un olor, un hedor, voces, murmullos, la clara voz del río cubriendo a ratos todas aquellas maniobras en torno de la fragua. Silencio en todo lo demás. Un silencio aún más pesado y hondo que antes, un silencio raro y profundo cuando los hombres volvieron a sus casas. Aquel rumor del río que ya nunca se olvida, con la voz sentenciando: "Ya está hecho". Y el padre que volvía a encerrarse, en tanto que la madre obligaba a dormir a los chicos, a cerrar los ojos aún menos asustados que los suyos. Las voces de los dos, un murmullo intermitente como el río, los pasos sobre el suelo de madera, la luz del día preguntándose quién sería el primero en acercarse hasta la fragua, temiendo la mañana, temiendo aún más la noche que vendría luego.

Ha venido el invierno de pronto y como siempre la ciudad se ha visto sorprendida, a merced de la nieve. Abúlicas cuadrillas se desprenden ya casi a mediodía de los camiones que intentan abrirse paso desde el centro, mas ni el agua ni la sal progresan en medida apreciable, ni mucho menos piensan en el parque. Todos los jardineros disponibles y hasta algún capataz deben ir a espalar, a dejar libre el paseo principal, el único autorizado para los automóviles. En su asfalto pulido por el hielo se ejercitan los coches en controlar la dirección y patinan en grupos los muchachos.

Y el chico, el muchacho, admitido ya, va ahora siempre en cabeza de su cuadrilla. Espalar, abrir paso en la nieve, detenerse, fijar en la memoria la medida y seguir paralelo al compañero, todo ello lo hizo ya muchas veces, en la aldea donde el padre agoniza.

Pero no es preciso avanzar tanto; a fin de cuentas son trabajos extras, mal pagados y ni aun cobrando lo poco que te dan, compensan. Es mejor dejar libres unos metros por si llega el capataz y detenerse, encender un cigarro; no hay prisa; hoy es fiesta, nadie vendrá; sólo unos cuantos chicos, no te apures, no te lo van agradecer, no te desgastes tanto. Lástima no tener a mano una botella de coñac; con un tiento al coñac de vez en cuando, una fiesta como la brisca del verano, cuando el jardinero se va a tomar las aguas por toda una quincena.

Pero el muchacho que, sin saberlo, ya desde el día en que entró, va para jardinero mayor, ni fuma, ni bebe, ni juega. Alguno de los demás murmura que algún día lo acabarán teniendo en el cuarto de arriba, de los gatos y será peor que el actual jardinero, que ni sale ni ve ya, que sólo se preocupa de ponerse al teléfono cuando llaman desde la villa los concejales.

Y tenían razón porque cuando pasó a ocupar el cuarto sobre las jaulas de los zorros, suprimió todo aquello, incluida la brisca del verano; apenas le vio nadie faltar nunca, ni siquiera cuando vino la noticia de que el padre estaba empeorando.

Vino el hermano mismo, primero a rogarle y más tarde, ya con su botón negro en la solapa, forrado, cosido a medias, con premura. Vino, no se sabía bien a qué, si a echarle en cara su silencio, su ausencia o tan sólo a despedirse antes de tomar el tren para buscar más lejos un trabajo que en realidad suponía huir de esa segunda muerte amenazando desde la orilla opuesta, junto al río, frente a aquella parcela de cantos, broza y grava, a la vera del pequeño cementerio.

Todo, tras él, quedaba, continuaba igual, más vacío si cabe, sin apenas vecinos pero quizás por ello, los recuerdos más vivos. Sí, desde luego, allí quedaba la viuda del otro, una sombra ya que no quiso marcharse con los hijos; allí quedaba sintiendo borrarse bajo la tierra la sombra del marido, quieta, inmóvil, ella también, largo rato después, ante la casa del padre, murmurando quién sabe qué palabras, alzando los ojos hasta la ventana donde el padre temía asomarse en los pocos instantes en que el dolor, tan duro, no apretaba. Pero el padre debía adivinar su paso, debía verla allá vagando por las calles tan vacías ya, casi los dos los únicos vecinos, las dos únicas sombras junto a la sombra muerta del marido. Por ello se resistió a volver cuando los médicos le aconsejaron que dejara el trabajo en el parque. Nunca, a su vuelta, salió de casa, ni asomó siquiera más allá de la alcoba, temiéndose encontrar quizás aquel murmullo, aquel hedor de la roma chimenea de la fragua, el gemir, los lamentos de la viuda, sus ojos, su silueta inmóvil, mirando, esperando, contándole su tiempo, su dolor trepando por el cuerpo, sus horas de luchar contra la noche, tratando de encontrar un sueño sin angustias, total, definitivo.

"Sigue todo lo mismo, igual desde que tuviste la suerte, la vista de marcharte. Todo se vino abajo, las casas, la iglesia, hasta el teleclub que el cura organizó para matar las tardes. El cura se marchó y se llevó con él el aparato. Por lo demás, igual. Nadie se olvida, no, nadie perdona nada, ni siquiera a los muertos. Viven de eso, de acordarse, de tenerlo presente porque otra cosa no hay, más que paredes, galerías, techos caídos, corrales muertos. Tú por lo menos conseguiste algo aquí. Algo así me vendría bien a mí, para empezar, en lugar de tener que marcharme tan lejos."
Pero el muchacho que ya no lo es, que ya va para jardinero mayor, que ya casi lo tiene conseguido, come, bebe, a veces mira más allá de la espalda

del hermano como oyendo aquella voz, los gritos en la noche, junto al río, recordando la mirada del padre, sus cartas acobardadas, quejumbrosas a las que nunca contestó ni siquiera en los últimos tiempos.

Se habían separado a media tarde porque el trabajo urgía en el jardín y el hermano tenía aún que concluir la ronda de parientes para poder coger en paz el tren al otro día. Había que segar la hierba del viejo observatorio, inservible ya, trasladado lejos, ahora que el humo de la ciudad y sus anuncios luminosos apagaban la luz de las estrellas. Segar, un golpe tras otro, avanzar recto, dejando a un lado una pequeña cordillera, adelantar el pie cuidando que la luna de acero no te lo alcance, no te cercene el dedo. Detenerse al final de cada surco y en tanto que se afila la guadaña, escuchar un retazo de serial o la música que viene de la radio guardada en el serillo junto a la botella. La luna puede verse — dice el conserje —, un buen sitio tranquilo para vivir allí y, como breve anticipo de ese viaje, le ha invitado a seguirle después de que el último surco quede tendido.

Péndulos, pequeñas mesas repletas de ruedas dentadas, contrapesos y resortes — lo que más incordia a la hora de limpiar —, aparatos inútiles que nadie viene a ver, a utilizar, desde que se colocaron. Más allá de la pequeña exposición, de los sucios retratos enmarcados — generaciones, promociones, congresos, observación de eclipses —, está aquel otro cuarto de escaleras, de doradas barandillas con su gran anteojo horizontal y su sillón debajo para medir los meridianos. Todo un cuarto repleto de relojes que midieron tiempos detenidos, borrados ya en sus agujas inmóviles, otros eléctricos aún funcionando sin saberse por qué, dice el conserje, quizás porque nadie los para y jamás se estropean, aunque ya sus mediciones no coinciden. Antes llamaban para saber la hora — aún queda un viejo receptor con las entrañas enterradas en polvo —, pero ya nadie consulta nada, nada de aquello sirve, ni siquiera para atraer visitantes, ahora que los turistas se interesan por cualquier cosa. Todo se detuvo un buen día, o mejor dicho, continuó funcionando a solas. Nadie volvió a manejar ese círculo repetidor que se conserva todavía, y las fichas del catálogo de estrellas que debían llegar a diez mil, acabaron perdiéndose. No lejos de las cuatro torres que miran a la luna desde los profundos tajos de sus cúpulas, están las casas de piedra y ladrillo donde vivían o debieron vivir los funcionarios, quién sabe si ordenanzas, ópticos o bedeles, el personal adjunto de la vecina biblioteca, el mismo director que acabó por marcharse, como el hermano del muchacho, a otro sitio, en busca de trabajo. Todo parece al día, recién usado, recién dejado de usar: la biblioteca de maderas blancas con sus cuatro escaleras de caracol secretas, escondidas en sus cuatro rincones, con su mesa en donde se amontonan cada día revistas y folletos que seguirán llegando, recibiéndose, en tanto no caduquen las suscripciones.

"Aquí no viene nadie, no vive nadie, no he conocido a nadie; nada más que a un señor que vino por curiosidad, que dijo que el país entero funcionaba así, porque nadie se molestó en pararlo; eso dijo y se fue; no he visto más a nadie." Y sin embargo en cada piso está el nombre del inquilino en su rótulo de esmalte, igual que los tiene cada aparato en la sala de las ruedas dentadas y los péndulos. "Para nada; todo esto para nada, aunque en sus tiempos, ya lo creo, era lo último que había." Lo último que compraron tiene casi cien años. Es un cilindro gris, como un cañón apuntando al cielo. Se alza a medida que en lo alto se descorre una tronera y deja ver una franja de cielo, espeso, negro, con un remoto destello rojo que es el principio de la noche. Todo: escalera, metal, libros, folletos, fotos, dibujos está nuevo, acabado de comprar, realizar, instalar; abandonado, olvidado, embalsamado, al día siguiente. Está mucho mejor, más conservado que la cerrada habitación de los gatos donde el viejo jardinero mayor se afana porque nada falte en la última gran fiesta del año en el jardín, con la que cierran el verano los concejales.

Es preciso acarrear centenares de macetas, preparar los caminos para la comitiva, prevenir los toldos por si llueve, adornar la mesa, acotar los espacios, colaborar con camareros, electricistas, carpinteros y habilitar lugares para las furgonetas de la casa que sirve la cena.

Todo aprisa, sin orden, como si no se supiera de otros años, como si no se celebrara en el mismo lugar, hora y día, y hasta puede que con los mismos comensales. A mediodía llegan los carpinteros a colocar las mesas sobre pesados caballetes. Es preciso enmascararlas, adornar sus tableros con guirnaldas, cubrir su centro con manojos de flores del tiempo. Todo al compás apresurado que se acelera, a medida que cae la tarde, entre el trabajo lento y malquerer de los jardineros y peones, no de los carpinteros ni de los encargados de la luz, acostumbrados a trabajar así, y que al día siguiente en otra parte, volverán a alzar otra fiesta parecida.

Los jardineros reniegan, abominan. No criticar, no murmurar. Ellos deciden, ellos saben, ellos ordenan. "Tú vas por el camino de ese cuarto asqueroso. Yo te lo dije. Yo lo dije desde el primer detalle que te vi. Ése es tu sino; por eso tanto afán, tanto silencio. Pero nosotros, a nuestra edad, ya

51

sabemos lo que más nos conviene. Tú déjanos en paz, tú déjanos cerrar el invernadero que allí nadie va nunca a protestar, tú olvídate, déjanos el clarete y la brisca y cerrar en invierno una hora antes, que nadie va a notarlo tampoco."

A medianoche comienza el gran cortejo de automóviles, los dos caminos de luces paralelas que, a paso lento y con paradas prolongadas, van cruzando la gran puerta de destellos azules y van llenando el parque de un rumor apagado, de olor a gases, a goma, agua y asfalto cálido, blando, mientras avanzan en orden hasta la verja donde las anémonas parecen renacer bajo los grandes haces de los focos. Van bajando de los enormes automóviles que se detienen con un vaivén de grandes cetáceos, que arrancan otra vez imponentes, silenciosos. La charla estalla bajo las luces, un susurro al principio, luego aguda, con la copa en la mano, al otro lado de las cercas. A este lado quedan las diminutas luminarias a lo largo del paseo, sobre el asfalto, en racimos o a solas, al costado de los lustrosos paquidermos. Saludos a media voz, palabras que no llegan a ser charla, bostezos, radios a media voz en el salpicadero donde el reloj intenta con su aguja roja acelerar el paso de la noche.

"Ésos no se lamentan; ésos, bien se les ve, nacieron para el volante y la novela. Llévame, tráeme, vete a buscarme, para, vuelve. Sentados todo el día en su sofá como los gatos, callados, de riguroso oscuro como ellos, sólo de noche ligan con las mujeres de la casa; de día duermen, de noche gozan.

"Tú no, tú tienes tu casa ahora bien cerca de las plantas. Tú, sólo tú y ese cuarto de los sofás hundidos, ese cuarto y los árboles. Y sin embargo, aunque no quieras verlas vienen de noche, sobre todo cuando hay trabajo en el Palacio de Cristal, cuando quedan obreros montando exposiciones. Vienen y esperan en esas gradas que bajan al estanque, que tienen a uno y otro lado animales de piedra, mitad león tendido, mitad mujer en pie, con los pechos en alto. Allí quedan mientras hay hombres dentro, apartadas un poco, a la espera de que apaguen las luces. Luego, cuando el trabajo acaba, se pierde cada cual con los que salen, desaparecen más allá de los tulipanes, allí donde es blanda y húmeda la hierba. Allí se arrastran como las babosas en la lluvia, giran, se buscan, acoplan, sollozando como los gatos o mudos como el bugardo y la limaza, animales que buscan bajo la lluvia compañero.

"Pero tú no, tú sólo con aquella que venía no a esperar a los otros, a cualquiera, al primero en salir, sino a ti, puede que por su gusto o porque creyó que podría sacarte tu dinero. Pero tú ningún compromiso, tú libre, ¿libre de qué?, te preguntaba en la cabaña que todos usan, la que tiene los techos de brezo. Creía que eras casado o viudo o bujarrón. Tú, ¿qué eras?, ¿qué eres?, ¿qué te gusta?, decía. Tú dímelo y verás, pero no te estés mudo ahí, alunado en un rincón, como esos pájaros del otro lado de la tapia que se pasan las horas con la zanca encogida, mirando los alambres de la jaula.

"Y tú callado, como de costumbre, sin saber ni tú mismo en qué piensas, si en el viejo allá arriba que esa noche irá a hablar con el concejal, si le hablará de ti, si sentirá el crujido de la puerta cuando salgáis los dos o el reventar de la llama, cada vez que va al fuego una espuerta de broza.

"Cada vez que el fuego se alzaba iluminando los castaños, apagando con sus negros remolinos el olor del espliego, de las espigas moradas del cantueso, eras más viejo, más callado aún, menos amigo, menos compañero, según el tiempo pasa, según los años caen sobre tus pies, tus manos, haciéndolos más duros y más viejos. Tú aguardando el airazo final de la noche que apague el fuego y el otoño a la vez, que se lleve consigo las últimas tormentas. Tú, escarbando en el rescoldo, intentándolo apagar, cuidando no extenderlo. Con la cara negra de sol, mal afeitado, los párpados caídos, mirando tus pies, tus manos que la humedad albina de la tierra va dejando sin forma."

Ya vienen. Es el final del hambre, de la guerra. Unos cantan, todos caminan, todos traen en los ojos aquella gran fatiga de andar desde temprano hasta el anochecer, sin saber hasta cuándo. Llegan, hacen un alto y se van. Pasan y llegan. Se alejan carretera adelante. Desde las alturas que la dominan, llega algún que otro disparo perdido que apenas oyen, que ni siquiera les obliga a agachar la cabeza. Viene con ellos, al final, a la cola, la intendencia. Carne, patatas, pan, todos los días. Gente tranquila más joven cada día. Buena gente, sobre todo con los niños. Con ellos acabó el hambre, tras de ellos volvió el miedo, comenzaron a cerrarse las puertas.

¿Quién fue el primero? Puede que fuera el padre, tal como luego le acusaron los otros. Vino de lejos, del otro lado o quizás tan sólo de un poco más arriba, de alguna de esas cuevas escondidas que, monte arriba, dominan el valle. Fue el primero en escribir un nombre en el papel, pensando tal vez que era tan sólo un nombre y sólo eso.

Ya eres nuevo jardinero mayor. Elige plantas, lucha con los peones, con los obreros de la luz, con el *maître* y sus camareros oficiosos. Prepara tú personalmente los ramos para las señoras y luego, cuando la fiesta acabe, espera a que el tinglado se desmonte, aguarda para estrechar la mano de tu concejal, del alcalde si es que se acerca a felicitarte.

El alcalde, los concejales e invitados van charlando entre sí, cruzando ya el parterre, como al compás de una lejana música, deslizándose ingrávidos sobre la alfombra recogida casi tras ellos, en tanto sus esposas, tiemblan bajo el abrigo, estrechando sobre el pecho de los ramos.

Aguardar a que el último rumor desaparezca, a que se aleje la última sombra de brillante escuelo. No queda de la fiesta sino los focos apagados, invisibles ahora y el trazo de las grandes escobas de brezo en el polvo, como huellas de serpientes gigantes. Sólo queda cerrar, echar la llave, subir a la oficina y dejar la ventana abierta para que el aroma de la lluvia se lleve fuera el hedor de las jaulas de abajo.

Caminar, pasear más bien, en la noche ya húmeda, ya fría, por el atajo que acerca a la puerta central, por la pista de arena suelta que, bajo las copas de los pinos, guarda el paso solemne de tantas amazonas y jinetes. Ahora apenas se adivina como una lengua de tierra muerta, solitaria, talada para prevenir algún incendio, limitada por un doble encintado de adoquines, jalonada de cuando en cuando por mojones de piedra derribados.

Por él vienen, por entre esos mojones no enhiestos ya, que ahora miden distancias inservibles, el tropel de hombres que la oscuridad funde o separa a cada traspiés, a cada paso. Suenan sollozos, gritos a media voz, voces perdidas, susurros parecidos a blasfemias, en tanto que a lo largo del río, por encima de la hierba y los cantos que inundan su ribera, van llevando a empujones su viva carga que, a pesar de sus ataduras, se resiste.

Una vez está a punto de alcanzar el agua pero las manos invisibles que golpean, hieren o tiran de la cuerda, recuperan su carga, la arrastran, la mantienen en pie, la empujan hacia el chaparro cobertizo vecino al puente. Allí el río apaga las voces, los rumores más agudos y violentos; ahora la carga yace en tierra entre negras herramientas, martillos y guadañas que aguardan desde hace tiempo la vuelta de su dueño. Ya el tropel se divide, los divide la luz de un fósforo, el halo luminoso del carburo que borbotea a la boca del horno. La boca va tragando rollizos de abedul, haces secos de brezo, residuos de piorno que se recogen en la negrura tensa de los rincones. La llama azulada del carburo apunta hacia la boca maltrecha de ladrillos y latón oxidado, prende en un instante las matas de las hurces y prosigue veloz su camino hacia adentro. Y luego nada más: los sollozos, aquella voz descompuesta, reconocida apenas, deforme, rota, sofocada, pugnando por romper el silencio hostil de los demás, su esfuerzo aunado por llevar su carga hasta el umbral escarlata, donde los golpes, los traspiés se encrespan, chocando contra los bieldos y guadañas. Y por encima de todo ello, del vago correr del agua y el temeroso silencio más allá de puertas y ventanas, un grito, un lamento final como aquel otro de los gatos en el parque.

A la vuelta, el grupo se ha detenido ante la casa del padre.

—Ya está hecho.

—¿Qué está hecho?

—¿No lo dijiste tú?

—Pero, ¿qué dije yo?

—¿No fuiste tú quien puso la denuncia?

Y el padre, abajo, a la luz del carburo debe temblar, intenta varias veces responder pero no llega a empezar, no puede.

—Yo no decía que fuera para tanto.

—¿Entonces, qué querías?

El padre ha subido la escalera temblando. Ha intentado otra vez meterse en la cama pero apenas es capaz de desnudarse; más allá del suelo de madera se le oye ir y venir, bajar a beberse un trago en la bodega, tumbarse otra vez, empujar las contraventanas, intentando detener la marcha de la amanecida que ya se viene descolgando por los montes.

Al otro lado, a la orilla del río, la chimenea de la fragua no humea ya, no hay nadie ya, después de que vinieron la viuda y los hijos a llevarse, para enterrar, lo que queda de aquella pesada carga que tanto porfiaba.

Lo han enterrado cerca del cementerio. No en sagrado porque el párroco no quiso arriesgarse. Todo quedó borrado, salvo aquel hedor del que nadie se atrevió a hablar y que tanto tardó en desprenderse de los chatos muros, que parecía flotar entre los jaramagos hundidos en el agua.

Huir, marchar, vender lo que se tiene, escapar una noche. ¿Qué sabe hacer? ¿Qué puede hacer? ¿Qué oficio tiene? Tan sólo trabajar el campo o una taberna. Marchar, borrar la noche, aquel rumor del río, el silencio que llega a la tarde, que baja con las sombras de los altos cerros. Escapar con el hijo mayor, los otros son pequeños, ya vendrán. Las mujeres callan, tampoco cuentan, salvo las otras, las de luto siempre, yendo a cuidar cada semana su parcela de tierra y grava, vecina al cementerio. A veces, en la noche, se acercan a la casa y se quedan en la oscuridad salmodiando, deseando al padre, a la familia toda, inmensos, infinitos males. Su rezo iracundo va subiendo de tono como la voz del río cuando crece en la noche, hasta acabar en un grito que tampoco se entiende, pero que obliga a callar a todos y hace que la madre se apresure a cerrar las ventanas. Luego la voz se calla, mas continúa allí como el humo, el río, las palabras, todo aquello que el padre creyó dejar atrás cuando consiguió al fin su trabajo aquí, en el parque, por medio de un paisano que andaba en esto desde antes de la guerra.

La lengua de tierra húmeda, apisonada, vacía, se aleja, queda atrás entre sus inútiles mojones. Ha muerto el padre, vuelto a casa a su pesar, casi a rastras, cercado por aquel mismo río de aquella larga noche, por su rumor no olvidado, pero sí hundido, ahogado, como los fuegos del otoño que vuelven a renacer en primavera. Ese río, esa voz, no deben franquear esta verja, esta puerta rematada de lanzas y coronas. Esa muralla de verde bronce le defiende, es su casa, su jardín, su fortaleza como las cuatro torres del observatorio con sus troneras que miran a la luna. La noche es su defensa, la soledad, la lluvia le acompañan; en cambio es su enemigo el sol, los espacios abiertos donde el césped relampaguea bajo la sombra fugaz de las magnolias. Incluso esas hogueras del otoño que de día se filtran tan quedamente a través de la espesura de los cistos son también su defensa como el parque entero con su acequia secreta que tiene lunas, mareas como el mar y las camelias olorosas o las espigas humildes del cantueso. Es suyo el rey, ese monarca amigo, eterno vigilante sobre la gran nube roja de los plátanos, es suyo el gran cedro eternamente verde, pirámide olorosa de mil piñas cubiertas de escamas. Es suyo ese peón, veinte peones desconfiados ahora, ese guarda, cinco o seis a la vez, que cruza en silencio a la mañana, camino de la puerta.

No son suyas las jaulas que hieden, esos gatos que duermen, los otros animales de los pisos bajos, los gamos soñolientos, los verdinegros pavos. No son suyos los leones huesudos, los escuálidos lobos, los monos purulentos.

Es preciso tenerlos a raya, defenderse como de las cartas de la madre que aún llegan a veces, desteñidas, añejas, arrugadas, de la lejana voz del hermano al que hay que retener allí donde aún está, aunque sea a fuerza de dinero. Es preciso estar en guardia a pesar de los años que pasaron ya, cerrar, en punto, apenas cae la tarde aún antes de la hora que indica el cartel de tablas a la entrada de la verja. Fuera quedan los viejos compañeros que apenas le hablan ya, los viejos compromisos, la parcela cerca del cementerio donde dieron su tierra al muerto, las mujeres que ya no se lamentan en la noche, aquella otra de la cabaña de brezos. Es preciso luchar cada día contra ellos, pero no con violencia sino como contra los gatos: sin excitarlos, sin enojarlos, dejándoles que lleguen a la mañana, fatigados, cansados. Vivir como si no existieran; en tanto ellos, tozudos, implacables, entran, miran, esperan y reposan.

3

Ya han trazado, en el polvo, el gran rectángulo que alcanza casi tres veces el suelo de la villa, que ha de encerrar el palacio y el parque. Todo a lo largo de sus cuatro costados crece febril un cimiento de cantos de río traídos de cauces limpios donde el agua violenta los lava y pule dejando una cara buena que debe recibir la tierra y la cal de los pisones. La tierra se debería recoger en otoño, dejarla al aire, cocerla al sol un año entero, aguardar a que el hielo matara sus semillas, volviéndola estéril, tal como debe ser en los buenos tapiales. Porque no hay mejor muro — todos allí lo saben —, que el que se hace con hombres vivos y tierras muertas. Así no durará tanto, mas sí lo suficiente como para que lleguen a inaugurar el palacio.

Al final, el agua, el viento, el granizo, el viento sobre todo con su dedo incisivo y violento, removerán, gastarán, quizás acaben derribando este tapial modesto de tierra apisonada, mas hasta entonces es preciso obedecer, ordenar y empujar, animar, amenazar a los peones para que, codo a codo, vara a vara, coloquen sobre el exiguo muro de piedra inicial, las hileras de toscos adobes. En él no se respetan huecos, pasos o luces, no se sabe si por seguridad o porque para ello sería preciso un tiempo del que no se dispone. Así la tapia va quedando como lo que es en realidad: una modesta muralla de tierras centeneras.

Pero vista desde la villa, sin su revoque blanco, surgiendo de entre el polvo que la rodea, es un muro dorado, como los chapiteles de sus torres, un hermoso tapial que encierra poco a poco un tesoro por él mismo engendrado.

¿Cuánto vendrá a costar cada pared de oro, cada dintel de mármol que arrastran más allá de esa puerta sin forma todavía? ¿Y cuánto abastecer al día el cebadero de aves y la gran pajarera en torno de la cual se ara, planta, acarrea o edifica?

La gran jaula de trabajados hierros, cañas y esteras, con sus techos de finas hurces existía ya mucho antes de que las obras, la prisa comenzara. La gran pajarera y el convento cercano desde cuyas veladas celosías, borrosos ojos espían las obras, sobre todo las nuevas ermitas rivales que van apareciendo casi al tiempo que el embarcadero del estanque, el teatro, el juego de pelota o la gran plaza, delante de la cual se alzará la fachada principal del palacio.

Los grandes esqueletos de madera nueva, desnudos todavía, se confunden con las torres y máquinas que jalonan las hectáreas de lo que pronto será jardín. La enorme pajarera ahora parece vieja y lo es, residuo en realidad, de otro rey, con sus techos quemados por el sol y sus aleros curvos apuntando al cielo como los de los templos orientales. Este rey nuevo que llegará cuando los muros se concluyan, la conocía ya, cierto día de invierno en que impedido de cazar se acercó a contemplarla de cerca.

Allí está el cisne negro, sinuoso, elegante, callado como buen mayordomo mayor, la más alta jerarquía de palacio, y el cisne mudo, más callado aún, deslizándose por las oscuras galerías y los patos silbones como menudos pajes de andar apresurado al compás de sus piernas regordetas. Mirando el agua a sus pies, probablemente contemplándose a sí misma, arrebujada entre sus sábanas de tedio está la reina, gran pelícano rosa, con el solemne pico descansando sobre el blando edredón de su pecho. De cuando en cuando parece despertar y escarba en su plumaje; luego vuelve a soñar extravagantes aventuras como el pico caprichoso de los ibis.

Aparte están, en su grupo privado, los faisanes dorados de amarilla cabeza que visten y desnudan al rey y se hallan cerca de él en todo instante, atentos a su cuidado. Todos les reconocen por la gran llave del aposento real que jamás apartan de sí y que es del mismo color dorado que su cresta. Y también se halla allí la grulla coronada, recién nombrada caballerizo mayor con sus interminables patas de color ceniciento y su penacho escarlata.

Detrás viene el ejército de flamencos rojos, rosas, enanos, faisanes de collar, plateados, blancos, negros, de colores tan inverosímiles como los oficios que desempeñan: armeros, maceros, atabales, músicos, peritísimos maestros de esgrima, infatigables mensajeros. En jaula aparte, igual que un matrimonio callado y fiel viven dos búhos, machos los dos, gentilhombres de cámara con llave oculta también y un oscuro milano, adusto capellán mayor preocupado por los oficios y limosnas. Limosneros orondos como perdiz en mayo, ujieres y porteros anclados en los patios como un mar de gaviotas y en una jaula china, adornada de brillantes campanillas que el viento hace sonar a la caída de la tarde, multitud de cotorras chillonas, color ceniza y verde que van y vienen en sus minúsculos columpios, saltan de un tronco a otro y se engallan a veces en un grito rijoso y solitario.

Y en el medio, en la parte mayor y más alta de la jaula, ve el rey el lugar destinado a las aves de presa. Es lugar de silencio, de suelo de ceniza, de troncos retorcidos, muertos, colocados allí para que los grandes males que sobre el país se ciernen, se ceben en ellos, descarguen su ira sobre sus cortezas. El suelo aparece sembrado de rojos residuos de carne a medio devorar, como cabezas degolladas de enemigos muertos, en tanto, arriba, en los tramos más altos, se hallan esas sombras inmóviles, pesadas que sólo, muy de mañana, cuando llega el encargado de cebarlas, baten sus alas descarnadas, enormes, y se dejan caer sobre la carne muerta.

Arriba están las batallas perdidas con su olor a maderas abrasadas, a sangre reseca al sol, a miembros cercenados, a temor y miseria; allí está la miseria misma de cientos de ciudades antes vivas y ahora reducidas a la mitad de sus hombres por la continua marcha hacia lejanas costas donde las malas cosechas no resultan mortales. Arriba ahueca sus plumas, hincha el buche y alarga su pescuezo descarnado esa muerte ciega que aún devora la poca carne que queda a los hambrientos, compañera del ocio, cerniendo sus alas color ceniza sobre los patios de garitos y corrales. Y también se halla inmóvil en lo alto, adusto, ni siquiera acechando, el orgullo del águila imperial que nada ve, que apenas mira en torno a sí, que desdeña a las demás rapaces. Su orgullo ignora al aura negro venido de las Indias, al águila audaz que aún sueña con insólitas empresas, al buitre leonado con su altiva mirada de guerrero frustrado, a la gran águila cardenal con su cabeza en punta como mitra y su plumaje negro como manto.

Allí están todos, tras de los hierros, recortando sus cuerpos deformes contra el cielo; unos traídos de la cercana sierra azul, otros de los desiertos páramos del reino. Algunos cruzaron el océano en crujientes jaulas para ocupar su puesto en la gran pajarera del reino a la que un rey vecino y mucha gente, hostil también, apodan, para humillarla, el gallinero.

El monarca los mira. Nadie de los que a su lado callan o esperan — capitán, soldados ajedreces o monteros —, ni los vistosos guardias amarillos de pelaje más estridente que las aves, adivinan qué piensa, qué decide, si los ve tan siquiera. Nadie osa hablar, nadie volverá a verle, una vez el palacio terminado. Apenas llegarán a distinguir en las fiestas nocturnas su silueta vestida de ropilla negra, sobre la que se abre como una flor blanca, la golilla tirante de almidón y el rostro grave con su mechón de pelo rubio y lacio. Le verán inmóvil en su estrado, sin un solo ademán, tal como ahora, sin un gesto de fastidio, alegría o cansancio. Siempre inmóvil, mirando a lo lejos, como ahora, como su estatua apenas comenzada para ocupar la entrada, ante la puerta.

El monarca ha dejado de mirar su aún no nacido y ya guardado reino. Apenas vuelve el rostro hacia el bosque de torres y peones y ya el séquito se pone en movimiento. Su mirada pone en acción todo aquel bosque de tahalíes, espadas y gregüescos y se abre paso gravemente en ella hasta el coche que, poco a poco seguido del cortejo, se aleja del polvo y de los grandes pájaros.

Al otro lado de la villa, van prendiéndose las luces, con su olor ácido a resina y sebo, van surgiendo los maltrechos caminos de tierra. El ejército de grúas, peones y maestros, reanudan su batalla con el tiempo. De nuevo la gran jaula va borrándose en el polvo. Tras ella desaparecen ya los balcones ciegos aún, los tejados sin cubrir, los rimeros de pizarras perforadas, los cajones de plantas. Las mismas brigadas de peones acaban por fundirse también, por distinguirse apenas de las nuevas levas traídas para acelerar el paso de las obras, para techar al menos el palacio antes de que las lluvias de otoño comiencen.

Son prisioneros de un ejército vecino. Ganarán tres reales diarios. "La mitad deberá entregársela para comer y la otra mitad la retenga el corregidor para vestirlos, porque no les halle desnudos el invierno."

Los caracoles

Voy siguiendo tus huellas por los senderos donde el césped se acaba y la arena guarda tantas señales de pisadas. Alguna será tuya, puede que mía, puede que por aquí pasáramos, que por aquí estuviéramos un día, incluso en esas sillas que ahora aguantan la lluvia, sobre su asiento tieso y pardo, sobre sus retorcidas patas y brazos. Aquí estuvimos un día, cierto día, muchas tardes a solas, escuchando un concierto que nadie interpretaba, que no se oía, que tan sólo en verano, los domingos, tocan bajo ese techo monumental que hace de tornavoz, repartiendo cadencias y compases sobre ese público de jubilados y padres de familia con los hijos mayores, sobre todo viejos y horteras.

Pero en noviembre, con el cielo bajo y los plátanos a punto de perder sus erizos de púas, con la nuez dura y apretada dentro, cuando la tierra se esponja y se vuelve cenicienta, las sillas quedan abandonadas en su gran semicírculo como el lugar del público en los teatros griegos, tal como las dejaron la última vez, con quién sabe qué música prendida aún a sus delgados esqueletos, desnudos ya como los árboles en torno, muertas, petrificadas, inmóviles, a pesar de la lluvia y las ráfagas de viento que barren la glorieta, viento frío, ligero, que trae murmullos de voces llamándose a lo lejos.

Imposible aguardar, esperar quieta, al raso, sin un mal abrigo bajo el alero del templete que ahora vomita por sus canalillos todo ese manto oscuro que corre sobre el parque. Sigo tu paso hasta el pequeño teatro de muñecos, también tan solo, abandonado, rodeado de castaños, donde los niños vienen a asombrarse en verano y ahora mustio, sombrío, de cartón, a punto de ser barrido por el agua. ¿Cuánto te falta aún? ¿Qué queda hasta que empiece de verdad la tarde? ¿Dónde irás si no vienes, no apareces? Ya va para un buen rato que ese reloj solemne descolgó sus redondas campanadas a través de la marañas de hojas que rezuman, a través del opaco rumor del agua, por encima del par de solitarias notas que un pájaro repite, lamentándose.

Al fin llegabas. Tal como todo está, nadie lo impedirá, ni el tiempo, ni otro afecto, ni el amor, ni los hijos. Nada te importa, nada tienen que ver contigo. Es tonto asustarse ahora, volverse atrás, después de tanto tiempo. Sigo tus pasos hasta aquel día de la nieve, tanta nieve como lluvia ahora, con el cansancio desgarrándonos las piernas, las dos tendidas en las dos literas, mientras fuera la nieve parpadea en los cristales y la luz, desordenada-

71

mente, casi a la vez, se apagaba y se encendía. Final de un día, una mañana memorables, almuerzo entre cien mesas, confusión y murmullos, unidas, apretadas, juntas las dos en aquel maremagno de esquís, bocadillos y siluetas torpes, macizas, envueltas en jerseys de brillantes colores. La tarde melancólica y fugaz cerca de la ventana, sin romper aún las nubes, silenciosas, escuchando el viento, los murmullos dentro que se rompen en risas, en idas y venidas hasta los pisos altos, una guitarra, un coro, una canción, la ginebra que ya pega en la cabeza, un opaco cristal ante los ojos que lloran que es preciso limpiar una y otra vez hasta que acaban irritándose.

Sigo mis pasos hasta ti aquella tarde en que miras la nieve desde la ventana de aquella habitación con el suelo y paredes de madera. Sigo mi huella sobre ti, sobre tu piel, tu cuerpo un poco sonrosado y blando, un poco avergonzado temblando más allá de tus ojos cerrados, antes abiertos, brillantes y mezquinos. Sigo tu voz hasta lo hondo de un cerrado suspiro, de tu aliento que silba o murmura, de la nieve, tan sucia cerca, de tu sombra crispada que va creciendo según la tarde cae, que después amenaza, se derrumba y perdura. Es la hora de seguir ese camino oscuro que baja de tu cuello por canales que tiemblan cerrándose a mi paso como puertas de sueño, que se quedan atrás, que me hacen nacer de ti, de tu boca mezquina, de tus manos tan torpes y menudas, hasta la tibia aureola de tu pecho. Es como este lago grande, opaco, profundo en la noche, a la mañana áspero y hosco, luego admirado, humillado, muerto; es como ese aliento grave y cálido que a todo alcanza, que todo invade, que a todo llega. Vivo canal, sendero de mis labios y mis manos por donde voy y espero esa humedad sombría que me recuerda al resplandor pesado de la nieve. Allí tu cuerpo está, en la luz que rodea tu cintura, en las sombras que mis manos y tus manos tejen en torno a ti, asustada, llorosa, estremecida, sintiendo que tus dedos crecen, vecinos a los míos hasta ese ciego corazón de espuma que late al fondo, al final de ese sendero parecido a los que dejan los caracoles tras la lluvia.

Voy siguiendo ese sendero de humedad donde ya amarillean, revueltas en el barro, las hojas de los plátanos, el camino que bordea el estanque frente al Palacio de Cristal, donde cuelgan los cuadros en otoño, dentro de un mes, frente al agua marcada por la presencia inmóvil de los cisnes.

El mismo reloj solemne descarga sobre el parque una nueva campanada, solitaria esta vez. Es preciso detenerse, aprovechar la pausa de la lluvia. ¿Dónde estás? ¿Cuándo llegas? ¿Es pronto o tarde? ¿A qué hora fue? ¿A qué hora nos citamos?

Ya vienes, llegas, pasas por esa puerta de piedra recién lavada ahora, bajo ese arco de latón, bronce dorado, oxidado de lluvia, comido por el sol; vienes subiendo la escalera de piedra que va hasta ese estanque pequeño, vacío casi siempre, que ni aún hoy se llenará, dominado por un busto de barba enmohecida. Ya llegas con tu bolso de mano, como quien va a un deporte, a un breve viaje, maciza, infantil, pequeña, blanda, mayor, miedosa, dudando siempre, suspirando siempre, luchando por no volverte. Vienes con ese pelo horrible, con esa falda larga como de reina, con esa blusa torpe que encierra la vaga ilusión tuya de gustar a los hombres. Llegas, subes arrastrando casi los pies; el miedo te los vuelve de piedra, te descubre cien ojos acechando desde los chopos que coronan los cerros tapizados de espliego y cantueso.

Miran tu pelo maltrecho por el agua, tu cara lavada, limpia, los arcos cenicientos que escondes bajo las gafas negras. "¿Qué le sucede? ¿Se encuentra mal? ¿Duerme mal? ¿Tiene usted problemas en su casa? Ya sabe cómo son los niños de crueles. ¿No salió este verano fuera? ¿No está mejor su madre? La verdad es que tiene cara de fatiga. Ahora en diciembre, cuando llegue ese mes de vacaciones, salga, distráigase, debería tomárselas de veras. Usted es joven pero la salud no dura eternamente; hay que cuidarse, sobre todo en esto de los nervios. Si necesita algo, dígalo, dígamelo con toda confianza. Todas tenemos nuestros momentos malos, pero los niños no tienen por qué notarlo. No es preciso chillarles. Es mejor guardar los nervios para nosotras, aunque yo sé que no es fácil, desde luego. Vamos, concéntrese, haga un esfuerzo hasta diciembre. Ya verá cómo usted misma se encuentra mejor y los niños se lo acaban agradeciendo."

Pardos caminos ceñidos de laureles, suaves lomas en torno a aquellas ruinas donde, ateridos, intentan sacudirse la lluvia los pájaros. Tú creías que aquellas piedras eran ruinas de verdad, que aquella iglesia o capilla había sido construida allí para acechar tú y yo la caída de la tarde.

Largos silencios y al fin "Ya lo conocerás; te lo presentaré; un buen chico en el fondo; a mi familia seguro que les gusta".

Yo no soy tu familia, nada, peor, quizás menos que nada. Tu porvenir, tu boda, no quisiste acabar la carrera, luchar un poco, ese empujón final, sólo escuchar, pasear, dejar hacer, leer un poco durante el curso, mirar el techo del hotel desde la cama, en aquel breve viaje, con los otros compañeros.

Los ojos siempre en nosotras, maliciando, estudiando cada gesto, bromeando, sin atreverse a más de lo que ellos mismos temen, sin dar un paso más, tan cobardes a veces son los hombres. Tú inquieta sin razón, temiendo que a la noche escuchasen tras la puerta tal como debió suceder. Tú que no los conoces, que no sabes que todo queda en nada, en palabras, sonrisas tristes y ese tedio en los ojos con que ellos amanecen. Ellos tratando de imaginar lo que no saben, lo que nunca conocerán, ellos tan diferentes, tan torpes, y tan lejos.

Aquella habitación con su montante mal encajado, con aquella abertura y tu obsesión, si llegarán a entrar, si serán capaces de asomarse, de darnos ese susto, algo, hacer notar de algún modo su desazón y también su despecho. Las camas tan separadas, tan blandas, tan sombrías. Hundirse en ellas era también como entrar en el mar, en un agua helada en un principio, en esa baba amarga que recubre las hojas en otoño. Aquellas risas un poco deformadas, forzadas, rotas adrede, despechadas y a la vez luchando por llamar la atención como las de esos grupos interminables de criadas que invaden estos mismos paseos los jueves y domingos por la tarde.

Toda la noche allí, aguantando el aliento, las palabras, esa voz, que no sientes pero que nace cualquiera sabe dónde, dentro de ti cada vez que los círculos de luz roja, radiante, crecen hasta rozar donde tus ojos muertos, cerrados, adivinan. Esa luz, esas voces tantas horas luchando por dividirnos, por meterse a la fuerza entre nosotras.

Y a la vuelta, a pesar de nuestras precauciones, otra vez allí los dos, en nuestro vagón, con más curiosidad aún, investigando, riendo falsamente otra vez, intentando descubrir ¿qué?, adivinando ¿qué?; en el fondo, otra vez ofendidos.

Su tonta, inútil venganza de aquella conversación, de aquellas bromas sobre gusanos, hongos, algas sin órganos sexuales, vagas fiestas nupciales cada cual encerrado en sí mismo, fecundado en sí mismo, de dos en dos, caracoles, babosas y limazas. Larga disertación a propósito de enfermedades de viudas y jóvenes, remedios, preguntas, opiniones. No contestar, hacerlo vagamente, sonreír: lo que más puede ofender, mirarles a los ojos, aguantar toda aquella serie de torpezas aprendidas en manuales, en novelas, en horas mucho más tristes que las nuestras.

Voy siguiendo ese camino tuyo donde los hongos amarillos crecen hasta estallar, al pie de los alisos. Camelias como tú, blancas, rojas, rosadas, apenas olorosas, como recién lavadas por la lluvia. Igual que tú, sin forma en apariencia, pero delicadas, blandas, olvidadas desde la primavera, lacias, rotas bajo los mirtos, tiesos en cambio, como lanzas.

Ahora vienes por el desierto aquel de las dos cabañas como chozas africanas. Vienes atravesándolo bajo ese sol de agosto que parece derretir las bicicletas. Vienes, veo cómo te acercas con tu gran sombrero, al amparo de tu horrible pamela, vacilando, intentanto buscar un camino más fresco, dudando aún si volverte o no, luchando por encontrar tus gafas negras en el bolso de paja, dando bandazos sobre tus zapatos planos, cuadrados, sujetos al tobillo por una horrible pulsera.

"Es un buen chico. Nada va a cambiar o puede que tal vez, nunca se sabe. Yo le aprecio. No mucho, lo bastante para vivir decentemente. Papá está viejo. Mi hermano, como todos, egoísta. Nada se acaba, todo sigue. Tú no acabas, tú no tienes por qué preocuparte. Mi padre no nos deja ni un céntimo, no miente. Jubilado, qué palabra tan fea. Suena a pupila y a joroba a la vez. No lo tomes así, no veo por qué no vamos a seguirnos viendo."

Ahora no llueve. Bajo flotando como esos pájaros que ahora cruzan sobre las ramas del parterre, llego flotando en grandes círculos a través de la maraña de ese jardín, buscándote, esperando que esa gran burbuja redonda y sonora estalle, se rompa sobre mi cabeza, sobre las copas de los árboles, salpicándolo todo, reyes y broza, estatuas y animales.

Pero esa hora no suena, no va a sonar, no llega. Vuelve a llover. ¿Cuánto falta para que vivan los cristales, para que el día vuelva a aplastar esas nubes hinchadas sobre su cara tan sucia como ellas? Todos los huecos aparecen negros, ciegos, salvo aquél de allá al fondo que vigila el dormitorio, que espía como siempre. En el centro de la gran cabina de cristales opacos y pulidos hay uno tras del que el ojo espía en la noche, vive en la noche, más allá de una postal que lo tapa cuando duerme, que se mueve y le descubre a veces. Una postal de colores viejos ya, un paisaje de verano, un pedazo de cartón con un trozo de mar cada vez más sucio y apagado. Nunca se sabe cuándo comenzará a deslizarse, unas veces súbitamente, otras despacio hasta dejar libre la mitad del ojo líquido, cuadrado. Hay semanas en las que queda inmóvil gran parte de la noche porque el gran ojo duerme, otras, si el ojo vela, va y viene de cuando en cuando, sin extinguirse apenas, sin descanso, bajo la tenue luz de la única bombilla, resbalando sobre las veinte camas hasta llegar al fondo, donde está la gran imagen coronada.

El ojo vela, escucha, tienta, recoge las tenues voces, los cerrados suspiros, los movimientos crispados o solemnes de las sábanas, los viajes desde el lecho, bajo la luz, camino de la secreta puerta que se esconde tras un biombo de cretona, en uno de los rincones cargados de humedad y ropas.

Según el día crece y se extiende sobre los grandes rectángulos listados, el gran ojo se va apagando en su guarida de cristales hasta quedar inmóvil definitivamente, cuando el rumor vibrante de un timbre hace saltar a las chicas de entre las sábanas para hacer cola a la puerta del lavabo.

Voy siguiendo el camino de tus pasos, esa estela de arena ardiente, a punto de crepitar bajo el sol allí donde no alcanzan las sombras aserradas de los plátanos. Haces blancos, duros, que se disparan desde arriba sobre las cercas de aligustre, que se abren paso alumbrando la sombra soñolienta de los peces, los mantos de detritus que el navegar de insectos invisibles apenas estremecen. ¿Cuánto tiempo sentadas aún, charlando, callando, escuchando ese pájaro, tal vez este mismo de ahora, que canta lejos con su grito tonto, repetido; esas voces que vienen del paseo de coches, soportando miradas, rechazando esos pasos que se acercan? Cuánto tiempo sin decir apenas unas palabras, sin atrevernos a sentir siquiera, tú, pobre, recelosa, tú: "Dejarlo, quedar soltera, sola, a pesar de que para entonces no estarás y papá se habrá muerto y mi hermano tampoco vivirá conmigo. Pedro casado, yo sola en casa, aunque a veces — eso espero —, contigo. Pero tú no estarás por fin, acabarás marchándote, te irás al extranjero, me lo devuelves todo, te devuelvo aquel anillo que me diste. Y otra vez a distancia, sin hablarnos, sin conocernos. Trabajar siempre, como cada semana, hasta el sábado y los domingos ir a comer, comprarles caramelos a los niños que para entonces ya tendrá mi hermano. Tenerlos, verlos crecer, envejecer como cualquiera, de tiempo, no de miedo y disgustos. No despertar sobresaltada, sudando, mirar a todos lados, y verte tranquila, inmóvil dentro de tu pijama azul, planchado, desdoblado, abrochado de la cintura al cuello igual que si acabaras de acostarte".

"Son las cinco y no duermo. Amanece o todavía no. «¿Quién va a cortar el cuello a la niña esta noche?» Bueno, pues aquí está, gordo y todo, fofo y todo, lo mismo que otras cosas. Ven, córtalo y en paz, acabamos de sufrir, conseguiremos dormir, descansar definitivamente."

"Mientras tanto no puedo. La red de hierro, maldita ésta, atraviesa el colchón, los nudos se me hunden en la espalda desnuda, en los riñones y hasta la sábana se diría que pesa. Tú duermes, con tu aspecto de día, tranquilo, reposado creo yo, como si no existiera nada en el mundo salvo tú y yo, salvo esas manos tan largas y tan duras que se unen sobre el embozo y esa cabeza inmóvil que ni ve ni oye, que se parece a la de papá muerto en su alcoba, después, cuando todos rezábamos o aparentábamos hacerlo."

Lo mejor de esa hora, a pesar del calor: el vacío total de los paseos. Nadie se acerca, no se aventura nadie a traspasar la verja defendida ahora del rumor de los coches, de niños y criadas por esa luz que hace reverberar los árboles lejanos y los estanques secos.

Solas las dos, pero no tanto. A veces aparece ese guarda que no llega a acercarse, que sólo mira, eso sí, con descaro, lo mismo que si el parque fuera suyo, o que cruza dejando, tras de sí, el rastro de sus labios. Ese cuya cara nunca se ve, que apenas asoma bajo la penumbra del sombrero, que como tantos otros sus hermanos, espera, fingiendo, recelando desde esa línea parda, ese paseo que vibra en la calina, acechando cómo te sientas, qué dices, cómo miras o ríes, cómo apoyas el pie, las piernas, dónde pones las manos.

Desde los cauces ciegos, mustios de agosto viene ese rumor que a la noche se alzaba tras la puerta.

Llegaba con la luz, resbalando también, acompañándola, un rumor de estrofas unidas unas a otras por la resonancia prolongada de los cánticos. Cantos que no entendías, ni el murmullo, aquel otro rumor que en las pausas no entendías, ni el murmullo, aquel otro rumor que en las pausas se alzaba, chasquidos apresurados, sordos, que juntos todos caían como tormenta sobre cinturas, caderas, muslos y piernas.

Al día siguiente, tan de mañana, resultaba extraño ver todos aquellos rostros normales, razonables, a veces hinchados por el sueño, a ratos sonrientes. ¿Dónde estaba la noche? ¿Dónde aquel agrio golpear, aquellos cánticos? Allí deben continuar con la puerta del cerrojo descabalado que era preciso correr sin rechinar sobre la sobada madera, antesala del helado comedor con sus platos rebosantes de agua oscura y salada y pastas a medio hacer y las tres galletas en el plato de postre, cuando no un caramelo.

Allí ha quedado desde el día en que el ojo, al otro lado de los cristales, se hizo claro del todo. "Tú ven conmigo, vístete. No contestes. Vístete aprisa. Vístete y te sientas en la silla. Allí hasta que amanezca. Te vistes y te sientas en la puerta."

No contestar, no hablar. Tú al otro lado de la habitación y en medio, entre las dos, las veinte camas acechando, en silencio. Te veo a lo lejos, bajo la imagen coronada, como otra estatua más grande de escayola, tan derecha en tu trono de madera, inmóvil en la sombra aunque sé que tú tiemblas, lloras, igual que un saco blanco, sin cintura, sin forma.

Y otra vez esa campana que empuja o que retiene el tiempo, que aprieta esta espera absurda, bajo el verde brillante de los fresnos. Es la misma campana que allá dice que debemos levantarnos las dos y seguirla quién sabe al encuentro de qué castigo desconocido. La campana suena, se enreda en sí mismo su repique pero tú no estás, no apareces con tu maletín, tal como prometiste, bajo esa bóveda que conoces tan bien, donde sobre la piedra se derrumban los mirtos. Voy buscando tus huellas camino de la puerta y el agua cae, se desploma en mis espaldas con sólo rozar un poco los rosales. "Ya está todo arreglado. No queda otro remedio. Él lo sabe entender. Hoy ya nadie se muere por eso. Se vuelven a casar y en paz. Si no, no adelantamos nada. No vamos a pasarnos la vida así, haciéndola imposible. Hoy mucha gente lo hace. Es distinto ahora. Si papá y mamá vivieran ya sería otra cosa. En sus tiempos no existía el divorcio. ¿O sí? Puede que sí. Tampoco ahora, pero la gente se separa, vive su vida en paz. Ni mi hermano, ni mi cuñada me importan. Únicamente los niños que no los veré más."

Te detienes, te callas. Allí está el guarda mirando desde la sombra de los plátanos. Escarba bajo las hojas como buscando las raíces o algún registro del agua enterrado, perdido. Luego, si se le mira fijamente, mira a su vez en torno, como si lo que busca se hallara aún más lejos de nosotras, deja pasar un rato y al fin desaparece.

"Tú no tienes nada que ver con esto. Ellos no saben nada, desde luego. Puede que él se imagine algo porque nadie da un paso así, por nada, en balde. ¿Que con quién viviré? ¿De qué? Ya se verá; cualquiera que se marcha hace lo mismo. Él encuentra una chica antes de un año. Sin hijos y con halo de mártir, yo creo que ni un mes, tal como queda, con la casa puesta."

Pero todo se quedará en palabras. Esas palabras huecas, torpes, un poco vacilantes como tú, como la boca que se arrepiente apenas las pronuncia. Volverán las dudas, las noches grises, pesadas, los largos paseos en silencio, ese lento vagar sin musitar palabra, largos días de cielo ceniciento, el pensamiento herido, quizás allá en la casa, lejos de mí que voy andando, vagando también por entre estas solitarias farolas colocadas sin convicción, nacidas con la lluvia, arrancadas, colocadas aquí, mortecinos relámpagos inmóviles, para alumbrar estas tardes tan tristes.

El paseo mayor se funde con el cielo tan bajo y el estanque con el andén de pinos que empujan a ambos lados a los furtivos coches, haciéndoles huir del silencio que van sintiendo cerrarse a sus espaldas. Voy camino de ti, buscando la salida de este jardín tan lleno como tú de caminos perdidos, de leves cerros tan suaves, coronados de cimas donde la hiedra trepa al norte de los pinos. Bajo su mole enorme va esa senda desconocida que me lleva hasta ti, más allá de esa fuente que mana rezumando, más allá del gran cerco de arena que encierra los columpios y toboganes, más lejos de los bares sonámbulos de color insolente, en torno de la estatua en que un hombre desnudo cae a los pies del otro y muere, mata, grita, hace el amor, quién sabe.

Mejor no vuelvas, seguiré caminando hacia la puerta, contando, soportando sobre mi espalda todas esas remotas campanas, el blando abrazo de los castaños y la garra apagada de los rosales. Seguiré, cruzaré hasta la verja de las fieras, por el andén donde detienen los coches las parejas, y ya sin apartarme, llegaré hasta esa puerta. Hoy no hay coches, puede que por el frío o la humedad o la lluvia, hoy no existen aquellas bocas, piernas, muslos, manos pequeñas, puntas rojas, sombras inmó-

viles y faros apagados. Volverán las tardes en que
el dolor gotea, penetra como un clavo en la cabeza; vendrán de nuevo esas horas que dan de sí, que
crecen dentro de ti a cualquier hora, sin dar tre-
gua, cuando crees que has vencido, terminado.
Crecen dentro, en lo más profundo. Le volverás a
odiar tanto como decías, más; llorarás; cada día
será un esfuerzo por borrar en ti misma, recuerdos
como los de aquel día de la nieve.

Abajo, alivio, seguridad de que la litera de encima
te defiende. Arriba, flotar, sensación de vacío, navegar bajo ese techo oscuro de madera, temor a hacer crujir todo el gran armazón, a despertarte; no
sé si duermes o lo mismo que yo, dudas, velas, esperas. Dejo caer mi mano. "¿Qué haces?" "Nada.
Intentar dormir." "Hace frío." "Aquí debajo,
no." "Aquí arriba en cambio, se sienten más los
ruidos. Debe ser la pareja del gorro de colores.
Los que venían en el telesilla delante de nosotras."

La mano se desliza por el borde de la litera, cuelga como una de esas sillas metálicas que a la tarde peregrinan silenciosas, vacías. Va y viene, como
ellas, se detiene, va y viene otra vez sobre los cerros blancos, sobre la helada carretera donde los
coches se hielan poco a poco, donde, de cuando en
cuando, se abren paso los faros entre la niebla.

Va y viene despacio también, hasta que se detiene

definitivamente. Las dos se toman, se acarician; se diría que cuentan cada una los dedos de la otra y los dedos se juntan, trenzan, estrechan, complementos solidarios de sí mismos.

Con miedo nos conocimos y con miedo te vas. Todo aquello, por miedo lo perdiste. Voy siguiendo, me alejo de tus pasos. Cuando vuelvas, que volverás, mira bien los caminos y el estanque, pregunta al rey que todo lo domina, a ese guarda cuyos labios murmuran. Serás tú quien vendrá a buscar mis huellas y todo el parque entero no será capaz de llenar un solo instante de tu vida. Ni siquiera te quedará el remedio de llorar; ni siquiera te quedará el recurso de la melancolía.

4

Ya está el palacio en pie, ya se alza por encima de los pardos tejados que le ciñen. El gran patio, concluido apenas, se ha preparado fingiendo el jardín que aún falta. Cuando el recién plantado nazca, y los granados, naranjos y jazmines crezcan, toda esa flora arrastrada hasta aquí en un par de semanas, volverá a los invernaderos y las huertas como gran parte de los peones y artesanos que a la luz de lampiones y linternas se apresuran a cubrir los muros con tapices, espejos y grandes cuadros con estampas de batallas. Los pasillos incrustados de azulejos, las cámaras que imitan la espesura de afuera, los salones donde brillan en oro los escudos infinitos de los reinos, lucen o apagan su esplendor repentino al paso de las cuadrillas que en la última noche, cubren los suelos con alfombras de junco trabajado y los muros, sin revocar aún, con reposteros de oscuro paño en donde bordadores y calígrafos trazaron con sus hilos de plata y oro, con sus manos de infinita paciencia, intrincadas cadenas de nombres, genealogías, claves, letras y cifras que brillan o se apagan como constelaciones complicadas en el fondo opaco del negro terciopelo.

A medida que el sol se pone tras los muros del parque, más corren, más se afanan las cuadrillas en torno del gran poste con argolla de bronce, mandado plantar por el corregidor como amenaza y ejemplo. Ya empieza a iluminarse la gran plaza. Oscuras formas van y vienen en la sombra llevando, como luciérnagas, su diminuto punto de luz hasta los altos aposentos recubiertos con brocados de plata. Ya empiezan a encenderse, a lucir las coronas imperiales, las divisas, pasamanos y escudos, en torno del palenque donde se iniciará la fiesta, delante del palco real, rojo y oro, cubierto de barrocos espejos en el fondo de los cuales pueden verse tierras desiertas, ejércitos maltrechos, naves que rompen pesadamente el mar, pueblos vacíos y rebaños diezmados.

Del cuadrado dorado, rutilante, cargado de bujías y tapices, nace la luz que, poco a poco, va extendiéndose por el patio, el palacio, el parque todo, una luz que son más de mil candelabros de la altura de un hombre, con cuatro poderosos brazos. La luz crece. En ella flotan la espuma de los chopos, la muralla sin concluir aún, la plaza con sus dos pisos de balcones, la corveta de bronce del caballo del rey y aquel palacio envuelto en resplandor y humo. El gran halo de luz se extiende y fija sobre el horizonte, ilumina el adobe de las casas vecinas, las tejas renegridas, los aleros carcomidos, las chimeneas rotas. El resplandor dorado llega hasta el humus podrido de los patios y se prolonga en hileras de antorchas que ya se acercan ceremoniosamente, que se mantienen quietas a la espera del cortejo que se acerca.

Y en medio de ese cortejo que rompe con el estruendo de las músicas, va el rey quedo y lejano como su propia estatua que preside el parque, detrás de las cuadrillas que iluminan con sus linternas la desigual calzada; va ajeno a las voces, al lento paso de los bueyes que arrastran, a su espalda, carrozas singulares donde esos mismos dioses del parque aman o luchan, murmuran o dialogan. Apenas se le distingue entre el humo, los caballos, las figuras embutidas en nobles uniformes, borrada su figura por el brillante color de los disfraces. Apenas alza la cabeza cuando, pasada la modesta puerta del palacio nuevo, se encuentra, frente a frente, con su imagen que cabalga en el aire sobre su pedestal interino todavía.

Se detiene e inclina el rostro varias veces — nadie sabe si en señal de asentimiento —, y por un instante, todo el séquito interminable hace un alto también entre el rumor de cascos, el hedor de las lámparas y el resplandor que baja desde los pisos superiores. Luego, cuando reanuda su marcha, las cuadrillas van llenando el palenque de cascos y piafidos, y luces centelleantes en manos de jinetes cuyo resplandor convierte en un cuadrado de llamas la arena que los guardias se apresuran a despejar, a fin de dar entrada a las carrozas. Y éstas vienen bamboleándose como grandes damas hidrópicas, con los flancos hinchados, repintados, recargados de escudos y leyendas. Sus ruedas macizas, chirriantes como el cebadero de las aves, imitan rayos de sol, rechinan en la arena, cada vez que el amo de los bueyes aviva el paso. Todo el gran artificio de madera y cartón, tronos y estrados, músicos, actores y comparsas, se esfuerza por sujetarse arriba, aguanta como puede los envites del mar, el escozor del humo, el rigor de las músicas, a medida que avanzan hacia el palco real, camino del aposento de la reina. Frente a ese gran fanal decorado de follajes y quimeras, las cuadrillas de nobles ejecutan sus giros. Primero al centro, hasta el gran palco donde nace toda luz, luego a la izquierda, después hacia el gran fanal de la reina y sus damas, y finalmente saliendo para volver a entrar con el palenque ya despejado de recuas y criados.

Ya se dividen en dos partes iguales los dos primeros bandos, echan a suerte quién primero comienza, vuelven grupas los unos, miran atrás midiendo su ventaja, corren los otros calando en las barrigas los talones, frenan, tiran las cañas que sólo a medias alcanzan las bordadas libreas y vuelven grupas mientras el aire denso, cargado de resina y aceite, se llena de aplausos apagados, chasquidos y el galope veloz de los jinetes.

Van y vienen mientras dura el resuello a los caballos, luego los criados de cada bando saltan sobre la arena y toman de la brida a los animales de su mismo color, en tanto el rey abandona la plaza, dando paso a otros juegos.

En el centro, donde se alzaba el poste de castigo mandado levantar por el corregidor, se halla ahora el enteco personaje de los dos largos brazos, uno de los cuales es un pavés azul y el otro una bola de plomo brotada de picos de acero. Tras breves intervalos, avanzan los jinetes en oleadas repentinas, uno tras otro, lanzando al aire salvas de arena, haciendo retumbar el arnés, cortando el polvo en la avalancha de su carrera, horadándolo con la punta incierta de su lanza. Allá, tras su pequeño relámpago brillante va el bravo esfuerzo de guerras olvidadas, de muertes no vencidas, los asaltos frustrados, las cargas, los asedios, los asaltos concluidos en nada. Allá en el mástil que vibra y se cimbrea todo a lo largo, como las cañas que se lanzaron antes, va temblando la furia horizontal de los días sin medro y sin gloria, de las mezquinas horas en las salas del alcázar antiguo que la llave dorada abre. A lo largo de esos pasillos que semejan frondas como las del parque, donde hay reyes con la mano extendida sobre el carmesí terciopelo de las sillas, santos acongojados escrutando la luz que viene de lo alto, rostros que juzgan, absuelven o meditan, va la furia medida, horizontal de las causas inciertas. Seguro el peto, bien ceñido el arnés, bien encajada la manija en la mano sólida del ristre, va el ímpetu temblando con los ojos a la altura de la punta brillante, buscando entre la tempestad de voces, humos, músicas, ese pavés que el hombre de madera sostiene, esa anilla dorada que se mece colgando de su cinta escarlata, esa llave dorada que todo lo franquea, a partir de la tibia voluntad del rey.

Abre un lugar de preferencia en el pescante del coche del monarca y aún antes otro puesto a sus pies, para calzarle las espuelas, ayudarle a montar, vestirse, desnudarse, comprobar si esa figura impávida se anima a veces, cuando el sol enciende en los tapices las batallas antiguas o hace rojos los bustos de piedra que coronan aleros y terrazas. Esa llave sujeta al cinto es un caballo a la diestra del rey, cada vez que se pierde por los montes vecinos, cuando interviene en juegos, cañas o mascaradas. Esa llave dispone los aposentos de palacio, otorga puestos en las fiestas de la corte, abre la caja real para préstamos y pagos, acepta o despide criados al servicio de la casa y despensa. Bajo su guarda está aquel salón donde arneses, pendones y armaduras parecen concentrados, a punto de partir para una gran batalla, todos cercanos, desafiantes todos, mirándose, respirando, recelando más allá de las negras celadas, del labrado mosquete, del estoque que el maestro de esgrima escoge para educar la mano de los príncipes. Toda la impedimenta de las guerras cuyas noticias ya apenas llegan, las cuentas de las obras del palacio y el parque, las nóminas debidas de aquéllos y otros gajes, las que se pagarán a correos y maceros, y esta noche, por las joyas debidas a las damas, el banquete, la música, confites, pastelillos, violas, atabales, guantes y libreas, guarda esa llave de oro, en busca de la cual, el ímpetu fustrado, el tedio, la fatiga de un reino, esta noche cabalgan.

Apartamento

Realmente, visto desde lo alto, con el invierno flotando encima y la mayor parte de los árboles tan sólo con su maraña inmóvil, todo aquel espacio cercado a sus pies, muchos pisos abajo, jalonado de pequeñas glorietas, paseos mortecinos, manchas de agua y plácidas hogueras, con las colinas de césped en torno al templete chino y los palacios de cristales apagados, todo aquello apenas justificaba el esfuerzo de alzarse de la cama, calzar las zapatillas, encender el cigarrillo prohibido y flotando todavía, a duras penas, acercarse hasta la terraza anudándose el cinturón, hasta sentir en el cuerpo las aristas sin suavizar aún del pijama recién estrenado.

Quizás en primavera se convirtieran en jardín todos aquellos opacos macizos plateados por el hielo, quizás la rosaleda amaneciera tan roja como el cielo allá tras de las casas que al otro lado de la segunda verja cerraban el espacio vacío ahora, salvo alguna que otra pareja deambulando.

Vino la tos irremediable, cada golpe provocando el siguiente, retumbando arriba, redoblando en las sienes, haciéndole esputar, apagar el cigarro con ira, con torpeza, mirar de nuevo el humo, el ciego color de los troncos borrándose, preguntarse si no estaría allí la verdadera causa.

El dolor barrenando sobre los ojos, las manos embotadas, el cuerpo magullado por la cama. Ni siquiera le estaba permitido acercarse hasta aquel confuso macizo de trama arisca, jalonado de puentes y estatuas. No era un paisaje agradable, sedante, como decían, que llenara la vista como un cuadro, como aquellos rectángulos vibrantes enmarcados en oro del comedor, copia, recuerdo de otras telas parecidas, cerros, ríos, neblinas familiares. No era un paisaje acogedor sino un helado bosque, tampoco bosque, invernadero, colección de plantas demasiado grandes, demasiado monótonas, iguales.

Pero los chicos habían decidido. No un chalet en las afueras, aburrido, demasiado lejos para entrar y salir cómodamente, para comer y volver a perderse en sus veladas catacumbas. No una de esas colonias que ahora se iban poblando: viejas casas inglesas, cortijos con la cal viva aún, residencias acorraladas por el césped, torreones rematados de paja azul, arcos de teja, risueños palomares. No una de esas colonias, mejor una gran torre, esa torre gris, metálica, maciza, escalonada de terrazas, alzada, cimentada, defendida contra el público y la prensa, rematada al fin contra urbanistas previsores, interrumpida un tiempo, vuelta a emprender tras encontrados veredictos, finalizada al cabo, casi

97

de incógnito. Una gran torre con jardín a sus pies
— el jardín más antiguo de la villa —, ancianos
árboles, parque para los niños, aire fresco en verano, rostro al sol en invierno, sin lámpara de cuarzo, polución sólo a la altura de los primeros pisos,
a diez o veinte metros sobre el nivel del asfalto,
mortal a los cincuenta centímetros, inexistente a
la altura de la planta veintiséis, en el ámbito limpio donde nunca se calma el viento.

A veces, sin embargo, soplaba demasiado. Se escuchaba su terca acometida como deben sentirse
las olas al pie de la linterna de los faros, pero
aquello era difícil de evitar, a pesar de las dobles
ventanas, cortinas y burletes.

El día anterior fue una jornada de ésas; ante tal
ímpetu no era difícil aguantar en la cama, pero en
aquella tarde tan helada, tan sola y silenciosa, ne-
cesitaba alguna compañía aunque sólo fuera la de
aquella pareja que ahora ya se escondía en el parterre, de aquella otra mujer, chaqueta y pantalón
a cuadros sobre altos, grotescos tacones, lanzando
al perro tras de una rama o una piedra o un resto
de juguete abandonado, o ese grupo de chicos
— ¿dónde andarían Ana, Sebastián, Pedrito? —,
que llegaban junto al banco corrido que rodea el
estanque, sentándose, dudando, acoplando la guitarra a las rodillas, ensayando una música que na-
turalmente no llega, no se oye.

Un día de los que llaman gris, casi negro a lo lejos, más allá de los enormes telares que encendían sus letras luminosas, más o menos a esa hora de la tarde. Un día frío también, como para no aguantar sentados en la piedra de abajo, tentando, probando las cuerdas una vez y otra, encendiendo cigarro tras cigarro. Los árboles más oscuros cada vez, el agua como un charco de estaño, las estatuas envueltas en sus gestos y ropas y aquella tos, aquella otra punzada entre las cejas que se hundía con sólo mirar la pequeña pantalla parlanchina encendida a su espalda.

La apagó y aquel papel de flores que tanto le ofendía, aquel gran lecho indiferente ahora, las sutiles mesillas de patas torneadas y tablero de mármol, se borraron despacio, en la retina que sin embargo continuó recordándoles. Allí, en la oscuridad, dormía ahora el gran cristo residuo único de los primeros muebles, regalo de boda con la plata que Ana al fin consiguió regalar, tras de mucho discutir con la madre. Se borraban también los pesados armarios guardando sus vestidos, sus propios, livianos trajes, todas aquellas galas adquiridas ya con poca convicción, con la poca fe que en los ojos de Pedro, Sebastián, Anita, podía confirmarse. El galán de noche asustaba con el último traje inmóvil en la penumbra, amenazaba como con una imprevista enfermedad, a él que, salvo aquel accidente de caza, nunca estuvo más de dos días seguidos en la cama. Allí en la misma penumbra, en un rincón discreto, se encendía discretamente aquel espejo no demasiado amigo, tardío confidente, amable sólo a media luz, ya vestidos los dos totalmente, enemigo feroz de madrugada, de los vientres colgando y los pechos y los ojos hundidos.

Volvió a toser y el dolor se le vino esta vez a la espalda un poco más abajo, a la altura de los riñones, donde aquella perdigonada a destiempo, a tenazón, neciamente, en una tarde baja y hostil, parecida a ésta, en la finca de un amigo de amigos que se pasó toda la noche buscando al médico y a la vez lamentándose.

Aún sin verla, la veía, múltiple, la garra del disparo, allí hundida en la carne roja, macerada, que nunca volvió a ser carne, que le dejó una marca grande y fea, no fácil de ocultar en los sucios espejos de la otra alcoba, del segundo cuarto.

Era preciso no dar la espalda, echarse la camisa sobre los hombros, ignorarla en esa hora vaga, vacía del final, no preguntarse entonces si volvería a abrirse, si Ana y la madre volverían a cerrarla, si dejaría en estas sábanas una huella sangrienta como en aquella otra alcoba, si a través de la maraña del pecho, se alcanzaría a ver su sombra color fresa extendida, plana, que a ciertas horas le preocupaba tanto.

100

Allá, en aquella otra alcoba un poco anticuada ya, con el raso de las butacas a punto de saltar y las luces pasadas en seis o siete años, casi tanto como el marco de plata de su propio retrato, sentía renacer la herida otra vez, a lo largo de aquella hora final tan llena del silencio ajeno, de ruidos de agua, grifos, transistor, cañerías, lavabo, bajo la luz partida de la puerta del cuarto de baño.

A medida que aquellas horas se iban volviendo duras, tensas, allá, en la otra penumbra, se alzaban, tomaban forma también todos aquellos otros objetos familiares que, sobre muros y muebles, el tiempo fue acumulando por su mano. La radio, aquel joyero falso, las pulseras heroicas, el reloj de platino, algún que otro brillante de poco precio, aquel televisor pequeño en el que con las prisas erró la dirección, enviándolo a casa, sorprendiendo a los chicos, a sí mismo, a la madre sobre todo.

Al compás del susurro en el cuarto de baño, el palpitar de la herida renacía. Era entonces, a solas, cuando fatalmente lanzaba, a su pesar, un vistazo a las sábanas.

Bien, las sábanas estaban bien, blancas, sin mancha en las dos alcobas. La herida, pues, continuaba limpia también, cerrada. Quizás tuviera que ver con ello el tiempo, el estado de la piel que con la lámpara de cuarzo le hacía tomar un aspecto noble como de metralla, se diría. Entonces, si alguien le preguntaba, como aquella chica tan joven que ceceaba un poco y se empeñaba en llamarle de usted, respondía que eran cosas de la guerra y cerrando por un instante los ojos en la penumbra cargada de sudor, de ásperos perfumes, de aquellas manos y pies tan pequeños.

Se sentía heroicamente cansado y dolorido, capaz de empresas grandes, muy capaz de rendir batallas victoriosas lejos del lecho aquel aborrecido ya, de aquellas dos alcobas provisionales a pesar de los días y los años.

Luego la chica, con su ceceo tímido y su medallita dorada colgando entre los pechos no demasiado grandes para su gusto, seguía preguntando con rigor profesional, acerca de los días de la guerra. Quizás adivinaba sus mentiras pero le interesaban sus fantasías, o simplemente seguía los consejos de aquella otra pariente, tía, madre o simple intermediaria que siempre bendecía su aparición como un maná imprevisto caído sobre la casa.

Un día, una tarde, a una hora parecida a aquélla, al llamar como siempre, supo que había muerto a pesar de sus quejas poco razonables, de sus peticiones extra, ridículas siempre que venían a sacar a la luz miserias angustiosas, terribles, nunca olvidadas aunque hubieran quedado atrás, más allá del presente acomodado, estable.

Se fue aquella señora, quién sabe adónde, llevándose sus quejas, su pelo corto de los años treinta, sus achaques que parecían defenderla de todo mal, incluso de la muerte, su mirilla en la puerta desde la que atisbar con aquellos sus ojos desvaídos, en tanto los clientes aguardaban sobre el felpudo, sobre su propia bienvenida a ellos dirigida, antesala de un mundo gobernado por ella, con su poco de misterio, hasta acabar en el refugio tibio, al pie de aquella medallita dorada que brillaba en la sombra cargada de pantallas y apliques inútiles, cortinas de cretona e increíbles fotos de boda en donde la difunta aparecía una y otra vez, tercamente, luchando por dar testimonio de su estado.

Ahora la recordaba y con ella le venía a la memoria también que aquel día, que aquella tarde del clavo entre los ojos, era tarde, día de Difuntos.

Quizás por ello aparecía el parque vacío, salvo el grupo de la guitarra, inasequible al frío. Allí continuaba todavía. ¿No sentirían sobre sí ese cielo pesado, aquel cinturón rosa que amenazaba, más allá de las verjas? También él, a su edad, resistía aquel ambiente helado de la tienda, entre alcobas vírgenes aún, comedores y tresillos arrumbados en huecos y pasillos donde el aliento se convertía en cálido vapor, cada vez que, aterido, se soplaba en las manos. No lo sentía cuando a la noche se esforzaba luchando con el cierre, esforzándose en

rendirle, hacerle agachar la cabeza hasta la cerradura, en el suelo cubierto de barro helado y restos
de nieve.

Así pues, un día de Difuntos, otro más apenas diferente. Ni siquiera en su aspecto exterior, tal vez
en el frío del otro lado del cristal, en las plantas
quemadas por la helada, en las flores de los puestos a esa hora arrasados cerca del cementerio enorme, circular, donde debió de ir a parar la loca, con
su pelo tan corto y sus retratos de boda.
Después supo que la llamaban así, que no era tía,
madre, hermana de la chica, que su manía principal apuntaba al dinero y que a pesar de aquellos
céntimos para café, casi suplicados sobre la cama
deshecha aún de su pupila, había dejado, como
siempre sucede, una cuenta corriente o un paquete monumental de acciones de la viuda que ya en
aquel cementerio colosal, bajo las rojas arquerías
de ladrillo, los oscuros parientes surgidos de tan
lejos, se habían comenzado a disputar sordamente,
a través de infinitos desaires, en relámpagos de
desdén desafiante.
Quizás se lo había contado la chica, la pupila, falsa hija, sobrina, hermana o la otra amiga que después de la muerte de la loca compartía con ella el

104

piso, aquella del frontón, del cuerpo y ademanes tan distintos.

Le había mirado, reconociéndole en la voz, había explicado que debía esperar un poco, y luego, a medida que el tiempo pasaba, de vez en cuando entraba solicitando un nuevo plazo, consultando el reloj, inventando alguna excusa nueva. A medida que la tarde se remansaba en los espejos antes de desplomarse definitivamente, las excusas se volvían más aburridas e imprecisas, saltaban sobre la sombra de la amiga, por encima de la amarilla sombra de la loca, hasta acabar en el fondo como un ojo invertido de la primera copa. Era un cuerpo, pechos, manos, caminos complementarios de los otros, como si las dos hubieran nacido, crecido, para hacer el amor, la una al costado de la otra, como si en aquel molde vacío de las sábanas vinieran a caber las dos en una sola forma.

Lo demás, la vuelta imprevista de la otra, llegó de un modo natural, sin voces, ni protestas ni amenazas como a veces temía. Se hubiera dicho que le miraba allá sentado, entre las mismas fotos de la loca, con curiosidad tan sólo, con la misma expresión que a la amiga en su trono de espuma, frente al gran mar apagado del espejo. Ni una pa-

105

labra. Quizás no era la misma, ella. Nunca supo si los ahorros de la loca la habían transformado desde más allá de la tumba o había estado fingiendo hasta entonces, interpretando su papel con aquella medallita dorada y su melancolía y sus pechos tan grandes y sus muslos estrechos. Volvió más tarde a recoger sus dos maletas, su radio y tres o cuatro novelas empezadas a medias. También se llevó el marco de la foto que entonces era de cuero y que él se apresuró a sustituir por otro igual de plata, como un reto a la edad, como un ascenso concedido a sí mismo.

Durante mucho tiempo temió las represalias, quizá las deseó hasta que al cabo, un poco decepcionado a su pesar, renunció a ellas. Sólo ahora las recordaba mirando el parque al pie con aquellas figuras cada vez más vagas, difusas, enzarzadas ahora en disputas y besos. ¿Dónde estaría ahora? Tal vez casada. Eso se piensa siempre. Casada, mayor también, a su vez olvidada, grande, deforme, con su medalla de oro falso y una docena de hijos alegrando la noche.

Con la otra, con la amiga, vinieron para él los días, el tiempo del frontón. Luego, al cabo del tiempo, fue cansándose de verla golpear, restar, de ayudarla a triunfar con su deseo y comenzó a llegar tarde, incluso cuando la partida agonizaba. La luz de la gran bóveda de cristales le adormilaba, le arras-

traba hasta aquel otro gran rectángulo de luz sobre el que una voz de mujer iba dejando caer el
rosario lejano de los tantos.

Se podía abrir la ventana y asistir al partido sin salir de la pensión, ver cómo aquellos hombres de
abajo que pagaban por jugar al contrario que su
amiga y las otras, se esforzaban contra el gran
muro blanco, frente a la cinta de metal que rompía en un súbito estampido cada vez que la pelota
la golpeaba. Veía a la mujer abajo, sobre el cemento, delante de las sillas del bar anotando los tantos en la tablilla de madera atada con un cordón a
la cintura. Su voz monótona, apagada, se volvía
agria cuando la partida concluía, apremiando a los
hombres a emprender otra o a dejar el cemento
vacío. Siempre había un silencio, en tanto se exa-
minaban las manos, mientras se las hacían pisar
para reducir la hinchazón más rápidamente. Recordaba sobre todo el golpe seco, duro y la voz de la
mujer, su canto desgarrado, igual, como los apo-
dos caprichosos que invariablemente aplicaba a los
números.

Allí, encerrado en aquel cuarto interior, cuyas ventanas se enfrentaban a otras ventanas, los muros
a otros muros, salvo aquella pequeña abertura rectangular, algo deforme, sin cristales, pasó muchos
inviernos como aquel que empezaba ahora, hasta
que un día se cerró el frontón y en lugar de la voz

de los tantos llegó de pronto el rechinar de los andamios, el fragor de los muros derrumbados, el ímpetu regular también del tráfico.

Una mañana, al abrir el ventanillo, se encontró con la sorpresa de la luz, de los tejados demudados, pardos, torrecillas lejanas, buhardillas vacilantes, ropas al aire, al sol, tuberías de barro, de cinc, azoteas perdidas entre moles inmensas de geranios. Las chimeneas se apretaban en bosques oscuros como ahora las acacias abajo, en las terrazas agonizaban al sol, montones de muebles, bañeras, coches de niños perdidos, arrumbados, terribles cementerios al sol, ennegrecidos por el tiro de las calefacciones. También desde allí se alcanzaba a distinguir el entramado negro, apretado como un telar, de los mudos anuncios luminosos, cables, cuerdas flotando, rotas macetas, camas, lonas, residuos del verano, de la vida de los pisos más abajo. A veces distinguía cabezas por encima de las solemnes barandillas o inmóviles figuras de obreros que reparaban las entradas de la luz, las antenas, los macizos depósitos del agua o abrían la caseta del ascensor a pesar de su amenazadora calavera.

Y un día, cuando ya comenzaba a olvidarse del cemento, y la voz de la mujer, la ventana apareció tapiada por un telón cuadriculado de ladrillos, una espesa cortina roja que continuó creciendo más allá del tejado.

Aquí, en cambio, nunca podría suceder tal cosa. Ése era un aliciente más, gran parte del mérito del piso, aparte, por supuesto, del parquet, la cocina, el portal, los servicios, los mosaicos del baño, la grifería importada toda. Aquí siempre estaría ante sus ojos ese macizo gris, avanzando, metiéndose como una cuña sólida entre los ojos, empujado por el rumor del tráfico que ahora estaba aumentando veintisiete pisos más abajo.

El jardín le separaba de los otros años, de aquellas dos alcobas, del ventanillo tapiado ya, del opaco golpear de las raquetas, de Ana y la madre ahora incrustadas en la lenta, cuádruple, seguramente inmóvil, caravana.

Un carrusel de coches detenidos, lentos, pegados unos a otros, cargados de flores, búcaros, jarrones, gentes endomingadas, resignadas a encender su cigarrillo, otro más, en aquella interminable, intermitente, parada. Quizás no llegaran nunca al nicho aquél, perdido en el enorme cementerio rojo, con sus calles de cemento como el suelo y los muros del frontón, campos de arena, terrazas y suspiros. A lo largo de su avenida principal, el carrusel monótono, continuo, pegados unos a otros los coches, guardando las distancias, avanzando en

oleadas breves, volviendo a detenerse, sin atreverse a saltar a la acera por respeto al lugar, luchando por encontrar cada uno su sector, su calle, por
leer el número en las esquinas, imposibles de reconocer los grandes mausoleos que sirven de orien-
tación en los días corrientes, cuando nunca se viene hasta aquí, cuando los grandes patios aparecen
enormes, vacíos. La cuña de automóviles avanzando, deteniéndose con el rumor del motor ralenti-
zando, sin una voz, ni un mal gesto, ni el grito de
los cláxones, rompiendo ese runrún sobre el cemento del lugar sagrado, y avanzando a su vez,
adentro, en la cabeza, una sombra más oscura que
el parque negro ahora, dejando a un lado borrando la otra alcoba, la medalla girando, presentando
su otra cara de luz entre las grandes sombras ti-
bias, iguales, volviendo mudo el eco opaco de la
pelota y el grito intermitente abajo, las tardes gé-
lidas entre muebles embalados aún, sillas, sofás,
somiers sobre todo, tan ingratos de servir, de car-
gar, que se cimbrean sobre tu espalda, obligándote
a acomodar a su vaivén tu paso.

Ahora, a la noche, encuentre o no el nicho aquél
de su hermana, se pasará las horas despertándose,
levantándose, hundiéndose hasta desaparecer en

ese mar de fotos del estuche forrado de raso. Buceando en él, mirando, comparando, llegará el sueño cuando ya viene asomando la mañana. Luego, en compensación, nadie debe molestarla hasta las dos. El parque, la gran cuña verde ahora, despejada ahora, llegará hasta ella, volverá a aislarla a partir del almuerzo, mecida por los ensueños de la radio.

"Mamá tiene cuadriculado su jardín, tiene encerrados en espacios iguales los lugares favoritos de las amas, esos bancos al sol que prefieren las más viejas, incluso en el verano. Su modo de separar a las personas impide que ese chico un poco tímido pero que insiste tanto se acerque hasta los bancos colocados en círculo por las criadas, rodeadas de su prole de triciclos y enanos. Divide el parque como esos paseos empedrados de forma irregular, entre cuyas losas luchan los jardineros por mantener la hierba que ya en junio empieza a secarse. Para ella es un damero a rellenar con sucesos que sucedieron o no, con esperanza o sueños de la noche hasta que cada sector encaja sin un solo resquicio. Debe ser, es, uno de sus juegos favoritos, como el cine, un cine a su medida que ella llena a la medida del ojo, con historias que somos todos menos papá, supongo; Pedrito y Sebastián y yo: su modo favorito de hacer correr el tiempo.

"En la ermita medio caída, reducida sólo a ese arco

pequeño, estoy, me caso yo, ¿con quién?, con un chico a la medida, también a ser posible un caballero. Para ella sólo existen esos cuadrados del damero del parque que están llenos de algo que nos concierne, de un poco de nosotros. Todo el resto no existe aunque esté allí, todos los días, ante sus ojos que apenas se abren en la piel tostada, lustrosa por las cremas y el aire. Allá en ese jardín, no hay amigas que nunca tuvo, ni parientes, dejados atrás por la suerte de papá en los negocios. Solamente Pedro, yo y Sebastián; Sebastián en su rectángulo especial con la nurse y los demás niños amigos de la casa. No ve otra cosa. Le asustan los paseos cercanos a la verja y la gran mancha oscura de castaños donde aquel hombre saltó de pronto espantando a las palomas, seguido de dos guardas que desde tiempo atrás le venían espiando. Le obligaron a abrocharse, a cerrarse el pantalón, se lo llevaron a la caseta del paseo de coches y allí estuvo hasta que vino la policía en su coche gris, con la luz encima, a recogerlo. Las chicas, las criadas, la nurse de Sebastián le conocían de antes, de hazañas parecidas y el señor del banco de mosaico que ayudó a la detención, también, y yo también, de una noche, saliendo como esta vez del camino que va tan pegado a la verja.

"No; fue después. Ha vuelto, con su jersey de tierra color soldado y el pelo, como todos ahora. Llamaban la atención su forma de mirar, su actitud y aquel gesto tan raro. Al principio no se entendía bien. ¿Cómo pensar, imaginar una cosa así por mucho que te digan? No daba miedo, tal como las criadas y mamá decían, pero menos mal que la puerta estaba cerca. Luego debió de fijarse que entraba en el portal porque al asomarme a la terraza, estaba abajo, midiendo con la vista los pisos uno a uno, quién sabe si esperando que volviera.

"Menos mal que papá no llegó a enterarse, si no ya se sabe: un discurso sobre los jóvenes de ahora, con esa especie de rencor de los matusas por no ser jóvenes ya, por el tiempo que se va, por lo poco que queda. Bueno, él tampoco fue a la guerra, a ese frente que hubo cerca de aquí, ni siquiera a otra cosa como curar heridos o a pesar de la edad cavar trincheras. Cuenta toda esa historia rara y pesada que mamá repite como si se la hubiera aprendido de memoria. Le dieron algo así como miope, aunque no era para tanto, ni mucho menos, porque le recomendó una duquesa que estaba a bien con los de aquí, que ayudaba a los chicos nacidos en sus tierras. Mamá dice que se la presentó su hermano. No dice que después de la guerra, ni las gracias."

El gusto, la pasión por el dinero, eso sí que no pasaba con los años. Su último tren, camino del despacho de la tienda, préstamos al cien por cien, reinar sobre empleados, peones, mozos, ebanistas y chóferes, en los que su edad se prolongaba, como en esos otros recibos falsos que obligaba a firmar tan a menudo. Según los chicos iban creciendo, la ciudad se estiraba, no hacia el río donde sólo surgieron vivendas modestas, sino hacia el parque, en todas direcciones, en grandes bloques cuyo valor corría la mayor parte de las veces, más veloz que subían los andamios. Las casas, la ciudad crecía, eran como el dinero en sí, cada una pedía más, cada lugar otro lugar más caro, cada bloque otro perfil más alto, más adentro, como cotas ganadas cada vez más al centro de la villa.

Era preciso seguir su huella, ese rastro dorado que avanzaba hacia el parque derrumbando casas antiguas, rejas, jardines, lámparas, relojes, royendo los cimientos que algunos trataban de salvar hasta aburrirse, hasta que se les acababa haciendo callar como a tantos. Sin su rastro dorado, sin aquellas fotos en su marco de plata, ¿de qué hubiera podido llenar su vida? ¿Incluso sin aquella herida en la espalda que ya nadie miraba?

Ahora aquel viento frío que encendía abajo farolas macilentas debía llegar también hasta aquella otra lejana alcoba, agitar allí las cortinas tediosas, los silloncitos de pelaje ruin, la selva de apliques, galerías y cretonas, el golpe alegre, decidido de la blanca pelota, la falda blanca, los calcetines blancos también, los banderines lacios y las raquetas arrumbadas, con sus cuerdas inglesas tensas todavía. Y quizás acariciaba también aquel cuerpo ya pasado y blando, los caminos rosados, blancos, de oro también, más allá de los cuales el tiempo concluía y su vida se apagaba a su vez, en un vago rumor que ahora, despacio, comenzaba a renacer desde la calle, que iba llenando el cuarto, volviéndole hiriente, crespo, pugnaz, hasta obligarle a esconder los ojos, huir a buscar refugio en aquella otra oscura mancha del parque.

Pero la oscuridad ahora no aparecía dividida. La red de cuadros, el damero de la madre se acababa borrando. Sebastián no jugaba en su nido habitual, rodeado de nurses y criadas. Ahora cruzaba el parterre, el jardín, navegaba en los botes del estanque. Pedro salía, huía hacia sus catacumbas y Ana no se casaba con un caballero en la ermita de la bóveda única, traída piedra a piedra, sino que paseaba con el muchacho aquél, mitad soldado y mitad del color de la tierra, charlando bajo los pinos, no lejos de los guardas que quizás eran otros o habían simplemente olvidado el suceso.

Ahora la oscuridad tan sólo aparecía dividida por las intermitentes hileras de faroles, el reflejo de estaño de las nubes y el parpadeo de los grandes letreros rojos, azules, verdes, persiguiéndose en el cielo aún no negro del todo.

Y en medio estaba él, en medio no, a un lado de aquel mar aún con luz en las rojas ventanas de la sierra, color de bronce tras del gran monumento al Corazón de Jesús, volado, dinamitado, destruido en aquella guerra para la que él no sirvió, de la que sólo guardaba un recuerdo vago y una herida frustrada en la espalda.

Todo aquello les dejaba a los hijos. Sintió que la punzada se hacía quizás más suave, que las piernas le flaqueaban menos. Puede que al día siguiente le bajara la fiebre, aunque, para otro año, se haría poner una de esas vacunas que ahora recomendaban los médicos. De todos modos, al día siguiente tendría que estar en pie. No por aquellas voces que ya sonaban en el descansillo de la escalera. Ni siquiera por ambición o por aquella medallita dorada danzando en la penumbra. Sería preciso, alzarse, mantenerse en pie. No recordaba por qué exactamente.

5

Por la mañana, a las siete y tres cuartos, empezaron a dar voces unos hombres que se quemaba el cuarto de Su Majestad, que Dios Guarde, y fue tan de improviso que luego comenzaron a brotar llamas por tres o cuatro partes. Y porque el fuego prendió por lo alto de una torre, por donde el paso de las damas, fue forzoso buscar modo de poderlas socorrer. Por otra parte subió el señor protonotario y los señores conde de Aguilar y marqués de Aytona, por el salón dorado, y rompiendo una puerta fueron llamando a las posadas de cada dama y, a medio vestir, las iban sacando a toda prisa. A la señora María de Córdova, hermana del de Guadalcázar, apenas la podían sacar de la cama. El rey salió a socorrerlas en cuerpo y la reina no muy vestida. Así los reyes, damas de la cámara y criadas, saliendo por la puerta de los jardines, se fueron a guarecer a la ermita de San Pablo que era la más cercana. Fue mal día éste para las señoras damas porque algunas con la falta de adornos, mostraban más años; y otras sin los aliños, menos deidad. Alborotóse Madrid y acudió todo el lugar; unos al robo y otros al remedio y sobre ser día muy sereno y claro, como de verano, ardía el palacio por diversas partes como si fuera un leño muy seco. Quemáronse los cuartos del rey y de la reina y el de las damas que fueron los dos lienzos de la plaza de las fiestas. Hubo algunas muertes y desgracias. Faltaron muchas joyas y dineros de las damas y otras preseas, y los reyes fueron a la noche a palacio.

José de Pellicer. Avisos. 22 de febrero de 1640

El pez de nieve

Aquel año nevó mucho sobre el parque. Los senderos se acabaron borrando, igualando con el césped, el estanque se volvió duro, opaco y las lanchas quedaron inmóviles, presas en él, junto al embarcadero, como a punto de iniciar el viaje a un remoto país de los hielos. Un silencio húmedo y blando como las pisadas de los guardas sobre el manto de nieve se extendió sobre los árboles, por encima de sus penachos deslumbrantes, de sus oscuras ramas desde las que bandadas de gorriones se dejaban caer sobre el patio del almacén de la casa de fieras, en busca de comida.

Apenas llegaba el rumor del tráfico de fuera y, con el paseo de coches cortado, podía oírse a lo lejos el desgajarse quedo de la nieve, la fatiga, en su jaula, del gran oso polar y el chillido tembloroso, hiriente, de la vecina jaula de los monos.

Fue aquel año, por aquella nevada, cuando uno de los monos más pequeños, aterido, rompió el techo de paja y madera, y saltando hasta las ramas del castaño gigante que servía de dosel a las celdas, resbaló con tan mala fortuna que fue a caer sobre la otra de barrotes gruesos, donde el gran oso blanco iba y venía con silencioso paso. El oso blanco pareció despertar y en un instante lo había devorado; el mismo oso que años después deshizo de un zarpazo al mozo que limpiaba su jaula.

El libro decía, allí en el cuarto tan frío también, de la pequeña casa de los guardas, sobre el hule cuadriculado de la mesa, que los osos tan sólo se alimentan de bayas, frutas y raíces silvestres, pero aquel libro recién comprado, apenas iniciado el curso, podía equivocarse cuanto quisiera, pues a causa de la nieve cerraron las escuelas y sus páginas quedaron aquel día inéditas, cerradas, pegadas unas a otras como las de los plátanos bajo el manto de nieve.

Y el muchacho, a su vez, pudo quedarse todo el día vagando por el parque.

A mediodía había visto ya patinar a los autos en el gran paseo de coches, ensayar sus cubiertas de clavos, sus cadenas, a los que luego participaban en los rallyes. El conductor aceleraba, alcanzaba una cierta velocidad y, al llegar al andén de las dos direcciones, frenaba, procurando dar media vuelta completa, hasta colocar el coche en sentido opuesto. Era un juego que al principio interesaba pero aburrido a la larga, de mayores.

Aún antes de comer había asistido a dos o tres peleas de muchachos, poca cosa, poca guerra, muchos gritos, voces que la nieve apagaba, actitudes heroicas y alguna que otra caída en la gran escalinata de piedra, mullida ahora, por encima de la cual relucía la estatua del rey y su monumental caballo, los dos recubiertos por igual de brillantes ropajes de carámbanos.

Fue a la tarde, cuando el parque se iba quedando gris y en los jardines se hacían más negros los troncos de los sauces, cuando el muchacho se decidió a acercarse hasta la mancha del estanque, liso, macizo, como una enorme lápida de mármol. El libro aseguraba que debajo del hielo apenas había vida, pero el libro allí estaba en la casa, cerrado, de modo que fue contando las horas que aquel reloj ajeno al parque iba dejando resbalar sobre la nieve de los árboles y, ya tarde, se acercó hasta el embarcadero.

Allí en la habitación, bajo la gran terraza desde la que se controlaban las maniobras de las barcas, guardaba el encargado los reteles de sus grandes excursiones dominicales. Aún quedaban residuos de la hoguera encendida a la mañana cuando estuvo revisando el motor de la gran lancha inmóvil de los niños, pero ahora el frío cuarto y la terraza de cemento con su reloj enorme aparecían desiertos. En un rincón, bajo los sauces, el desagüe del estanque suspiraba, rezongaba, gruñía, cada vez que un pedazo de hielo se atravesaba en su boca defendida con hierros como la jaula de los osos. El muchacho esperó a que su boca quedase limpia y lue-

121

go, cuando ya comenzaba a brillar el azul de las luces del parque, sujetó con cuidado la red dentro del agua, sin hacer mucho caso de los profundos murmullos de la corriente.

Al día siguiente, volvió temprano, antes que el encargado de las barcas y alzó con gran esfuerzo el aparejo lleno de broza, minúsculos carámbanos y residuos de insectos entre el barro y la arena. Y en el fondo de heces y limo apareció una mancha pequeña y brillante, un blanco pez no mayor que una moneda, de escamas plateadas. Lo metió en una bolsa de plástico que llenó de agua limpia y, luego en casa, en un gran vaso que colocó a la cabecera de su cama.

Era un pez visible apenas de día, apenas una sombra inmóvil, diminuta, en el fondo del vaso, pero a la noche, a medida que la tarde se apagaba en las ventanas, él se encendía como los últimos destellos de la tarde. Como aquellas estrellas tan altas que el viento boreal hacía estremecer arriba, así temblaba su luz, creciendo poco a poco, en el fondo del vaso. Era la suya una luz difusa, total, sin sombras, como la de las estrellas en las noches más limpias, o la luz de la nieve en los días cubiertos.

Cuando al otro lado de los cristales el parque era ya sólo las grandes manchas del parterre y los pinos, las paredes de la pequeña alcoba se iban borrando, haciendo transparentes, transformándose.

Sobre la cual surgían paisajes desconocidos, ciudades de tejados grises, puntiagudos, campanarios enhiestos, rebaños de animales de piel oscura y penachos sedosos. Eran tierras distintas de aquellas que el muchacho conocía, montañas grises de hielo, árboles arañando el cielo entre la niebla, líquenes, musgos y glaciares. Y ya de madrugada, cuando la luz sobre el parque renacía, el pez se iba apagando en el agua del vaso, para quedar, a la mañana, tan mezquino y tan negro como siempre. Ya con la primavera encima y el sol amenazando, el pez de nieve cayó enfermo. Le nacieron heridas en los flancos y una suave pelusa fue creciendo, devorando sus escamas que finalmente dejaron de brillar. A medida que el sol cobraba fuerza, se veía que el pez caminaba hacia su muerte. En la habitación, ahora a oscuras durante la noche, se le oía subir a la superficie del agua, quizás buscando el aire que dentro le faltaba. El muchacho le bañó en sal, según el guarda mayor le recomendó, mas la luz de nieve no volvía. Y el día en que puntualmente vino la primavera, vio el muchacho que su pez ya no estaba en el vaso. Como otras noches le había oído saltar en el agua, supuso que había vuelto otra vez al estanque. Nunca más volvió a ver aquellos ríos de hielo, ni los pueblos de tejados de escamas, ni rebaños de animales de pesados cuernos. Y al cabo de los años enviaron al padre a cuidar otro jardín y fue preciso transportar los muebles de la casa. Al quitar la mesilla de la alcoba vio el muchacho que el pez estaba allí. A pesar del tiempo, allí se conservaba negro, pegado a la pared como las hojas de los eucaliptus que en otoño recogía, como esos fósiles que a veces le enseñaban dibujados.

Ya no era un pez de luz, sino una sombra. Y el muchacho también había cambiado. Ya nunca se acercaba hasta el estanque, ni escuchaba el correr del agua en los canales de piedra o el lamento agrio de los zorros esperando el almuerzo. Como el gran oso blanco, su voz había cambiado. Se hizo más profunda y ronca. Como el pelícano dorado a la puerta de su choza, pasaba grandes ratos inmóvil. Como las cebras pesadas y rotundas, apenas asomaba los ojos, más allá de su ventana, sin apenas ver otra cosa que los castaños rojos y los blancos penachos de las nubes. Ya no era un muchacho. Había crecido mucho y cuando el padre decidió aceptar el traslado a aquel otro jardín, apenas pareció sentir nada por ello, al contrario que los demás, accedió a marchar sin discutir apenas, sin volver una sola vez la cabeza cuando el coche dejó a sus espaldas, para siempre, la gran mole coronada de la puerta.

6

En lo que más se habla ahora en Madrid es en las leyes que han puesto a comedias y a comediantes. En primer lugar que no se pueden representar de aquí en adelante de inventiva propia de los que las hacen, sino de historia o vidas de santos. Que farsantes ni farsantas no puedan salir al tablado con vestidos de oro ni de telas. Que no pueda representar soltera, viuda ni doncella, sino que todas sean casadas. Que no se puedan representar comedias nuevas nunca vistas, sino de ocho a ocho días. Que los señores no puedan visitar comedianta ninguna arriba de dos veces. Que no se hagan particulares en casa de nadie si no es con licencia firmada del señor Presidente de Castilla y de los Consejeros. Y que los representantes no reciban en sus compañías otros actores que aquellos que tengan acreditada su honestidad y buen proceder.

También de Valencia han avisado que allí degollaron a Íñigo de Velasco, un comediante de opinión, porque galanteaba con el despejo que pudiera cualquier caballero.

José de Pellicer. Avisos.

Si Paco no se ponía muy plomo, cosa que a menudo sucedía, sobre todo si se le metía prisa o si él se daba cuenta de que estaba estorbando, podía acabar rápido, pasar a máquina todo aquello y acercarse con Merche, después de cenar, a algún cine de ensayo.

Pero Paco, ya se sabía, siempre con sus historias de la espontaneidad y de las luces que acababan con el actor, el cantante o quien fuese, en la calle. Si era cantante, ya se sabía: con las palomas de Correos como si se tratara de San Marcos; si era actriz, en un jardín vacío, al pie de alguna estatua, a ser posible con árboles al fondo. Los escritores con su teléfono o su libro en las manos, un libro eterno, leído de lejos, como con prevención. Los economistas, algunos profesores, algún que otro alevín de político, solían tener estudios más o menos confortables, con rincones que venían a dar el carácter o el estilo del dueño, tal como Paco en sus horas altas deseaba. Para con los abstractos no existía el problema. Su gesto casi siempre desafiante, entre impreciso y fiero, tenía su mejor marco en el estudio vacío, ante los muros fríos, mirada al frente, grueso pullóver, pantalones de pana sin forma, zapatos descuidados o, si la foto era en la misma exposición, un terno poco comprometido, limpio pero no tanto, que dejara entrever como un lejano aliento de protesta.

La verdad es que Paco era amigo del tópico y además tenía el feo defecto de salirse pidiendo libros dedicados, una vez finalizada la entrevista. Detalle más feo aún habida cuenta de que tampoco los leía; todo lo más se asomaba a ellos. Paco, como fotógrafo era más bien un artista un poco camp y puede que por eso se lo hubieran adjudicado, lo cual por otra parte venía a resultar aún más molesto.

Menos mal que aquella vieja gloria vivía cerca del parque, porque cuando Paco empezó con aquello de pasear un poco para hacer su trabajo, pensó que era capaz de hacerles atravesar media ciudad, llevarles frente a palacio como tantas veces y allá, en aquellos jardines colmados de autobuses, hacerles esperar como la última, para sellar su boleto semanal de quinielas.

Pero aquel día ya estaba la entrevista terminada, a falta de esas fotos que vendrían. Podría incluso haberles dejado ir solos a los dos, dejarle a Paco que se arreglara a solas con ella, pero además de parecerle una incorrección, a fin de cuentas Paco estaba a sus órdenes y luego no podría quejarse de las fotos si no eran de su gusto, aunque nunca lo hacía porque maldito si le importaban y aún en caso de importarle, maldito si sus protestas servían para algo.

Ahora, camino del eterno jardín escogido por Paco venía ese cuarto de hora, un poco más quizás, de no saber qué hacer, si callar o seguir preguntando fuera ya de las cuartillas que guardaba; pero era muy difícil volver a conseguir la confianza, el tono de allá, minutos antes en la casa, ya que el tono, en sí, ya se había enfriado y la luz de la calle era una luz distinta también, que desnudaba, enfriaba, la intención, las palabras.

Así pues, los tres: Paco fumando, el objeto de la entrevista en medio y el autor de las líneas tomadas en la casa, cruzaron la verja de la entrada principal y comenzaron a subir las escaleras monumentales flanqueadas de pequeños parterres, bancos de piedra, y caminos recortados que apuntaban todos hacia la gran fuente que remataba el paseo en lo alto.

La cuesta era pesada y, sin embargo, el objeto de la entrevista no parecía cansado. Sus mejillas ahora, con el viento, con aquel ejercicio imprevisto, se animaban bajo la capa de polvos blanquecinos. Teniendo en cuenta aquel sol de otoño que se pegaba a las espaldas se diría que el camino o la rampa hacia la fuente le barrían unos cuantos años de encima, de sus estrechos y altos hombros, quizás no muchos pero algunos desde luego, recordando aquel chaquetón de punto de la casa, las manos tan gastadas del agua y la cocina, aquel salón helador con sus rojos sillones de plástico. Despacio, sin gran entusiasmo, arrastraban los pies sobre la escalinata mantenida tan limpia por el viento, por donde sube el batallón de criadas en los días de fiesta guiadas por el faro de la fuente monumental en cuya base plantas, rostros animales y endriagos se alzan luchando, amando, en altos y apretados espirales.

Si el mundo mágico de las quinielas se convirtiera en un mundo aliado y real, no tendría que soportar más a este sujeto canturreando al lado, recién llegado, recién impuesto, rebotado quién sabe de dónde, aunque él lo negara, aceptado, acogido como siempre sucede con los conversos, con ese pelo negro cayendo sobre los hombros y sus altos botines que a ratos se escondían y a ratos al sentarse, aparecían bajo sus largos pantalones de campana. Seguramente había dejado su antiguo corte de pelo, su pantalón normal y la chaqueta oscura, en el despacho de algún desconocido director general, entre uniformes, resúmenes de prensa y borradores de discursos, aunque a veces tal clase de viajes se realizaran a la inversa.

Pero mientras la profesión se mostrara tan inconcreta y el mundo mágico de los domingos a las cuatro tan ajeno debería seguirle soportando, incluso a su mujer, incluso aquel tinto tan malo y su café que se empeñaban en obligarle a aceptar mientras pasaban revista a las fotografías.

El domingo anterior jugó a acertar lo fácil y perdió también, aunque según el columnista del periódico la tendencia al uno había superado con creces a las otras. La columna lógica se rompía en dos resultados brutalmente ilógicos y la noche del domingo finalizó por tanto sin nada extraordinario. La espléndida cotización alcanzada por los premios después tenía una razón lógica: se trataba de una columna triunfadora de ocho variantes con cinco doses fuertes y un dibujo maquiavélico: 1-3-2-2, que como es natural sólo trajo dos plenos. Uno de acá de la ciudad que invertía poco cada semana y el otro un jubilado de provincias, ejemplo prodigioso de bien jugar — decía el técnico —, y perfecta demostración de cómo deben utilizarse las múltiples.

Dio una última chupada al cigarro y el viento lo arrastró finalmente fuera de la escalinata, muy lejos del jarrón donde iba destinado, apagando su rastro más allá de la maraña de negrillos. Allá, a su lado, iban los dos, en silencio ahora, ella quizás oxigenando las ideas, él con su melena un poco sebosa al viento, haciendo crujir sus botas en la arena, preguntándose seguramente cómo encabezaría aquellas dos horas largas de charla y tedio, de respuestas prolongadas, vagas, deformes como espirales de humo que se estiraban, volvían al punto de partida y se arrastraban hasta morir llenando la habitación por completo, hasta perder todo sentido, sin principio ni fin, sin saber de dónde arrancar con esa historia, con ese quién, qué, cuándo, cómo, etc., aprendidos en la escuela de ahora.

¿Quién era aquella figura magra, embutida en su abrigo gris recién comprado, quizás estrenado para las fotos, metida en aquella envejecida casa, con sus dos escuálidas cervezas, las fotos de actuaciones pasadas en mil años, diplomas manchados ya y la medalla de oro en su lecho de raso? ¿Qué era? ¿Qué había sido? ¿Tan poca cosa como para que nadie la recordara ya? ¿O realmente tan buena como para que la acabaran de llamar para un reparto de veintitantos personajes, una de esas obras que sólo las compañías del Estado son capaces de montar, a tumba abierta como aquel que dice? ¿Cuándo se iba a estrenar, si es que acababan alguna vez con aquellos ensayos farragosos, autorizados, suspendidos y vueltos a anunciar en los periódicos? ¿Cómo, dónde, por qué, de qué manera llenaría el otro sus cuatro o cinco folios? ¿A qué tanta molestia? ¿Para qué tantas fotos?

Las primeras que nos hicieron fue, me parece, después de un auto sacramental, en un atrio o puede que delante del decorado, todos en el sofá, sentados, aún con esa risa por donde salen los nervios escondidos durante tanto tiempo. Los nervios del estreno. Aquellos nervios por una sola sesión. Entusiasmo se llaman. Fe se llaman. Un jardín como éste y la función de noche, con altavoces que apenas funcionaban. No importa. La gente no dice nada, no se queja, nunca oye nada. Ve las luces, se fija en los actores y aplaude los mutis. Nada más. Ese público de provincias que entonces lo eran todos, callado, atento, sumiso, imaginando, entendiéndolo todo a su manera, y las fuerzas vivas delante, al otro lado de las luces, aislados, visibles sólo ellos, como si la obra les fuera destinada, tal como resultaba en realidad y no para todos esos rumores, toses, arrastrar de sillas, incluso radios y lejanas voces.

Luego el vino español con aquellos rostros del otro lado de los focos: "Sí, en la obra representan casados, pero en la vida real no lo están. Yo no sé si esa escena debería reformarse. Por lo menos no besarse. Eso es lo que más choca. O busquen dos que sean marido y mujer, aunque son todos demasiado jóvenes. O también suprimirla. No es indispensable. La obra queda tal cual. O puede que hasta mejor, si bien se mira". El delegado cultural que se calla, que parece que medita y las mujeres del otro lado que nos miran, nos comparan ahora vestidas con el recuerdo de antes, que nos pasan revista de lejos, excepto a la primera dama, aquella que se casó tan pronto, que quedó en el camino.

Otros jardines, parques que ocultan en la noche los cables, la miseria del cartón y los papeles de colores, el vestuario de trapillo, la luz roja para la ira, haces blancos que vuelven resplandeciente al alma, destellos rojos para el Padre Eterno. Jardines parecidos a éste, con jarrones, alamedas y estatuas, no muy lejos del frente desde donde llegan a veces vagos resplandores que recortan los pinos entre ráfagas de explosiones y disparos.

El asiento del autobús tan frío de mañana, el cristal empañado por el aliento helado de la sierra. Tierras yermas, carreteras heladas de retaguardia, pueblos deshechos, ateridos, vacíos, con algún viejo medroso saludando y carteles tapizando muros y puertas, letreros victoriosos, consignas, amenazas, gritos.

Apenas ha apuntado la mitad de todo lo que dije. Quizás ni siquiera la cuarta parte. El de las fotos parecía, desde el principio, aburrido, ausente, pendiente sólo de sus carretes y sus máquinas. Seguro

que cuando todo aquello ocurrió, éstos eran dos
críos, o tal vez no, podrían tener ya ocho o diez
años, suficientes para recordar algo, para tener conciencia de algo y la cabeza sobre los hombros ahora,
incluso éste que araña las cuartillas con el bolígrafo verde que pone tan nerviosa.

Se extrañan, aunque no lo digan, aunque lo dejen
ver con tanto rodeo, de que se acuerden de mí
para el papel. Yo me extraño de que vengan a casa.
Por mucho que le explique a éste del pelo largo, no
va entender gran cosa. ¿Qué le digo? ¿Cómo explicar siquiera esa sensación tan sólo verlos, de lo
inútil de todas estas palabras, aún suponiendo que
me saquen bien, que digan lo que digo, no vista al
otro lado de esas gafas tan grandes y cuadradas
como para ocultar quién sabe qué complejo? Ahora
aquí, caminando o mejor dicho, andando como entonces en aquellas mañanas heladas de aquella primavera, cara al verano ya, camino del lugar donde
ya está montado el escenario, siempre peor de lo
que se pensó después de tanto esfuerzo, siempre
menos de lo que prometió el alcalde, el delegado,
el carpintero, casi siempre tan viejo y tan necio
porque los listos y los jóvenes o están en oficinas
o en el frente. Avenidas con un parquet amarillo de
hojas muy grandes, apretadas, acopladas, recién
caídas, apisonadas como estas mismas, podridas en
los regueros de cemento, bajo bancos de piedra, de

madera y bronce, en los canales por donde va el agua de la escarcha, pequeños ríos ahora en noviembre, corrientes, aguas puras, cristalinas y todo lo demás: toda esa broza que arrastran con ellas.

Un poco más allá podría ser, bajo la misma fuente monumental. No pensará sentarla en esa barandilla del estanque donde toman el sol y enseñan las piernas las criadas en los días de fiesta. Mejor — dada la edad y el carácter del objeto de la entrevista —, un paseo de aquellos amarillos y vacíos con bancos como antiguos monumentos. Mejor pararse, detenerse y, para otra vez, encargarse él mismo de las fotos.

Quizás volver, abandonar, un salto atrás. ¿Qué odiaba más?, se preguntaba escuchando en la arena el compás intermitente de sus botas. ¿Qué le irritaba más, la mesa de metal blanco, los cinco años oscuros en la cuarta planta del ministerio o este parque vacío, húmedo, amarillo, a través de cuyo cristal helado avanzaban los tres, cruzando de vez en cuando una palabra, ofreciéndose cigarros, rogando al cielo que la lluvia comenzara pronto?

No pasar más allá del estanque. No le importaba lo que el tal Paco fuera luego contando, cuánto estaba dispuesto a aguantar aún, el objeto de la entrevista. Ya tanto daba puesto que ella misma, con su estatura válida aún, su piel válida también para esto del teatro, aquel modo de andar casi marcial, su vida y aquellos recuerdos en vagas espirales estaban allí, en su bolsillo, podría decirse que listos ya, escritos, publicados. Allí estaba su juventud, sus primeros teatros, sus éxitos modestos cuando las compañías volvieron a levantar cabeza y fue preciso llenar las filas, ocupar los puestos de los ausentes y los muertos, su matrimonio fracasado, apenas emprendido, su progresiva retirada después casi a la defensiva, hostil a cuantos por entonces trataban de ayudarla, su orgullosa retirada definitiva con el pretexto de cuidar a la madre, en realidad para cuidar de sí misma, para salvar cuanto el marido no arrastró, todo cuanto quedó de los heroicos días de la guerra.

"¿Quién les dijo lo de mi vuelta?", preguntaba, juntando, escondiendo las manos bajo la pirámide roma de la mesa camilla. "¿Quién les dijo que trabajaba en esta obra?"

Era volver a sacar la cabeza fuera del agua, temibles aguas, inmóviles, opacas, como aquellas que el barco de los niños, semivacío en día de labor, abría, dejando tras de sí una estela de cintas verdes, manchas rojas y parejas mecidas. Era volver a alzar los ojos y asomar fuera de aquel mar sucio,

espeso, en donde el cielo reflejaba sus nubes bru-
ñidas de las doce del día. Alejarse, olvidarlo, aban-
donarlo, dejarlo atrás en aquella blanda estela, en
el rumor submarino del blanco cajón flotante, con
su bandera nacional a proa y el ronco claxon amenazando a las demás embarcaciones.

Asomar la cabeza desde el fondo oscuro, pastoso,
inmóvil de aquella habitación de los diplomas y las
fotos, borrarla, desmontarla, comprar cosas nuevas para ella y el cuarto: muebles, vestidos que a
su pesar se vería obligada a elegir, tan poco acos-
tumbrada estaba, intentar recobrar ese tiempo es-
tancado, huido, ahora que ya no se vivía tan mal
de aquel oficio, un oficio como otros, con su día de
descanso a la semana.

Absurda profesión, tan mal pagada. Andar, cansar-
se con el muerto a un lado canturreando para no
tener que pensar. Y total para nada, para acabar
aliviando, sin ganas, apenas convencido, unas veces por imposición y otras por lástima. Continuar,
matarse sin esperar un reconocimiento ni las gracias ni, mucho menos, como en otros países donde
se gana plata, premios, fama tonta si quieres, pero
que repercute en algo. Aquella sensación de ridículo, de pobres, cuando el servicio aquel del extran-

jero. El pleito allí, de aquél que sacó la foto sin permiso. Escándalo. Toda la prensa con su nombre encima. Aquí cantar y callar, como dice ese amigo poeta, y dar gracias encima si no te agarran y te meten en la cárcel. Allí tienen defensa y esa otra defensa más importante de los verdes. Aquí, yo y este amigo de las botas, a lo que venga; él dispuesto a aliviar de sus penas al mundo, en pleno corazón del universo por aquello del pelo y de las botas y esa manera suya de escribir apretando la puntita del bolígrafo dorado como un premio Nobel de cultura general cualquiera.

La sacaremos con una luz más densa, más espesa, como con difusor, que dicen los del cine. Algo se aliviaron las arrugas de cerca de los ojos y ese tajo que tiene en el entrecejo, como si fuera un corte ¡quién sabe!, a lo mejor del marido. Aquí, ahora que el cielo se nubla, la luz le va a quedar más por igual. Además está bien este banco de madera y los árboles tiritando detrás porque es verdad que es bonito de veras este frío, húmedo y puñetero parque. Más por igual; veremos cuántos Din y a qué gama me lo tira Antoñito. La sentaremos ¿con el Caruso al lado?, allá él, que se siente, que se miren y charlen, lo que importa es que el sol no se nuble, ni que salga del todo desde luego.

En el estudio, en cambio, ni problemas de luz, ni

aguantar en los riñones este frío. Ni aguantar opiniones de ancianos o niñatos salidos de la santa casa. Allí: publicidad con aquellas modelos traídas de Londres, de París que según cobran no es extraño que aguanten lo que aguantan en horas. Ahora el sol que se asoma que parece que espanta las nubes de algodón, que diría el amigo. Esperar, discutir, sentarse aquí, a cara de perro, mientras ellos se miran y luego echan esa mirada rápida al reloj y Caruso que empieza con aquello de si no daría lo mismo...

Entonces se lo imagina uno desnudo, sin esos pantalones de boutique para machos — es un decir —, sin ese cinturón de chico bien rico contestatario, sin esas botas cuidadosamente sucias, desnudo, desnudito, con su cara de pajarito viejo tan parecida, por cierto, a la de su mujer, y se piensa en lo poquito que vale la pena escucharle siquiera, lo gastado que le dejó tanto pasillo, tanta carpeta, tanto obedecer enseñando los dientes armoniosamente, tanto agachar la cabeza de acomodado genuflexo antes de dedicarla definitivamente a salvar al país de la monotonía, el caos, el marasmo y la tira de quién sabe cuántas cosas. Ahí estás tú, Caruso, pico de oro, pluma de oro, aguantando, lo siento por la chica, la señora, aunque ella sigue, aguanta la charla, esas palabras lerdas, sin sentido, que siempre, en parecidas circunstancias, intentan rellenar minutos, meter algo dentro de ese silencio, de esas nubes de mierda que arriba revolotean y se soban, justo sin ponerse en el sitio debido.

Las hojas amarillas, grises, doradas, rancias, navegaban por las corrientes del estanque, camino del vertedero donde se remansaban en una de las esquinas de piedra, antes de ser absorbidas, devoradas por la gran reja herrumbrosa del tiempo de los reyes. Más allá, las figuras heladas, pulidas, silenciosas, patéticas, se diría a ratos, continuaban sobre el banco de piedra o de madera, fumando, encendiendo sus cigarros, fijando un gesto, un ademán en el aire como aquellos otros del mármol o caliza que asomaban entre los árboles.

A veces charlaban entre sí, igual que los del grupo de los pies del poeta que meditaba con el puño bajo el mentón robusto y el codo macizo sobre el brazo del sillón de cuero tan justamente imitado en la hiedra. Las palabras se perdían en el aire, si es que al aire salían, si no era suficiente el gesto, el ademán tan sólo de decirlas para llenar el espacio del bosque, con su césped ralo ya y aquel cielo frío y pastoso. Las tres figuras en el banco miraban hacia las nubes escrutando en lo alto el perfil afilado del otoño, sus gruesos, vagos, revueltos trazos.

Se mira al otro lado del resplandor y se adivinan unos cuantos amigos, se escucha alguna tos, un murmullo habitual, un silencio que se va haciendo espeso dentro y fuera de ti, cuando se intenta comenzar, arrancar la primera palabra, iniciar el primer paso cuando se escucha el ruido, el silencio mejor, de la tela plegándose si es que el telón no existe y es preciso echar mano de las viejas cortinas de los juegos florales.

Oyes tu propia voz en un trueno sin eco, apagado y cercano, al que sigue la voz del compañero que te mira a su vez, no a ti, sino con ese gesto que va dirigido al personaje, como mira a los escasos muebles, a esa pared de papel que tiene que dejar de moverse ya y esa puerta de tablas por la que es preciso salir, huir, después de las mil y una y tantas palabras que nunca se recordarán que es preciso inventar cada día, apenas las cortinas se descorren. Pensar a medias sólo, recordar a medias también, la relativa geometría de la escena que tras tanto ensayo tan sólo por aproximación puede seguirse. Hablar, callar, esperar, responder, seguirse vaciando en cada frase, atenta a las voces de los otros que allí, en el escenario, resuenan falsamente, intentando salvar esa ciega barrera de las luces, más allá de la cual empieza el mundo real y acaban los esquemas, donde tantos amigos, rostros, oídos corteses de las noches de estreno callan, atienden o disimular bostezos, entre rumor de pasos y apagados murmullos, antes de los compactos aplausos finales. Y después, o ahora, al cabo de los años, ¿qué más da?, esa forma de mirarte con las cuartillas en la mano, no a ti sino a quien imaginan que hay detrás: "No me diga la edad, me conformo con saber si empezó antes o después de la guerra". Capítulo de estudios. Comenzó Derecho; lo dejó, llegó a estudiar un par de años de Letras, lo dejó también. Y esa mirada, que parece que aún resbala, que no se fija, que parece que mira sin ver nada ante sí, de lejos.

Da vergüenza evocar aquel viejo entusiasmo, no por los escenarios, por las obras tan pobres de entonces, sino por lo fácilmente que se llegó a apagar, con nada, cambiado por bien poca cosa, tenido bien en poco hasta que fue preciso llenar su hueco de algo.

Idiomas, el francés; estado, casada, separada, ya lo sabe de sobra; artistas en la familia, no; todo lo más mi madre que tocaba el piano como todas las chicas ahora la guitarra, mi madre muerta hace poco, que aún me animaba a luchar, a salir, después de la separación, a no quedar encerrada, sola, leyendo y escuchando la radio, cuidándola, mirando más allá de los cristales como en esas largas escenas convencionales, mientras se oye la voz a tus espaldas, esperando la frase final para volverse y recoger la interminable maneja de palabras y devolverla como en una partida de tenis, hasta avanzar al mutis por entre bastidores.

Cultura: ¿qué clásicos prefiere?, cuál moderno, español, extranjero, color, distracción favorita, hobby, qué opina del porvenir del mundo, la incomunicación, llamémosla soledad si lo prefiere.

Bien. Estoy bien ahora. Al principio muy mal, tan vacía supongo como todas, pero no lo diré. Partida por gala en dos y eso que no era un genio, ni un hombre de teatro, ni tampoco aquello otro tan tremendo de mi marido, padre de mis hijos. Dividida, vacía, inútil, sola. Quizás por culpa mía también, pero no lo diré. Diré eso de que el matrimonio es una sonata, un diálogo entre dos. Si uno de los dos falta, ya se sabe, es preciso comenzar de principio si es que aún se tiene vocación y aptitudes para ello. No muy brillante, pero para esto sirve y aunque la ocasión fuera distinta tampoco me vendría a la cabeza otra cosa. ¿Era aquello un asunto entre dos? Un modo de llegar hasta el fondo ¿de qué?, tal vez del vaso. Se llega y se ve una multiplicada, imposible de explicar, de definirse, tal como ahora, al cabo de un buen rato de hablar de la vida que se quedó detrás hace ya tanto tiempo. ¿Quién sabe, quién podría explicar su imagen verdadera? Él lo decía: decía que es preciso ser de un barro especial para pasar de santa a puta, de criada a princesa, por horas, por sesiones, hacer el amor o, peor, fingirlo, besar, dormir, morir, no sentirlo, coger el sueño otra vez y cerrar los ojos en la cama de un rey y despertarse al lado del marido.

Así decía, pero no lo diré. Porque no va a entenderlo con esos ojos necios.

Ahora el grupo son sólo dos estatuas al pie de la del rey, al pie de los cascos del caballo del rey que va en marcha, seguido de su cortejo de túnicas, miradas vacías y coronas de laurel, unidos todos en un solo ímpetu, como en acción de gracias.

Ahora sólo quedan los dos en el parque inmenso, vacío, que apaga las palabras y los gestos, que los reduce a un solo instante, imprecisos, inmóviles, que los empuja, añade al pedestal de mármol, volviéndolos calizos, blancos, verdes de musgo, pardos de musgo y lluvia. En torno, apagadas por esa lluvia que golpea, hay miles de discretas palabras, agazapadas hasta mayo, miradas perdidas en el túnel frondoso de los paseos, esa turbia sensación de las hojas cayendo sobre el regazo, posándose

144

como una mano helada sobre el cuello, como buscando el espinazo. Tras las maderas cerradas del quiosco, donde ahora no hay parejas por culpa de la lluvia, puede oírse aún el aliento fatigado del dueño que enterraron meses atrás, cuando pensaba resistir otro año más, como siempre, hasta la primavera.

Sobre el tapiz oscuro, blando, color tabaco, tan sólo las estatuas perduran, estas dos que no son reyes, que miran a las nubes y después callan una vez más, encienden un cigarro y fijan su atención en la gran mancha blanca que, sobre los troncos macilentos va tomando forma en tanto avanza, como pequeñas fumarolas.

Marchar, callar, acabar definitivamente, de una vez, echar la llave a aquellos teatros ante palacios, catedrales y parques como éstos, a los soldados, tan distintos de éstos también que por aquí los domingos pasean a aquellos oficiales sucios, rotos, con su gorro y su borla y su muerte allí, rondando cada fin de semana, en la cabeza; oficiales adolescentes de pelo rizado, a veces como críos, con su estrella, su borrachera de coñac y aquellas fiestas en el casino a rebosar, repleto de uniformes, trajes cosidos, arreglados, pasados de tan viejos, cartas, fotos, deseos y madrinas y, por encima de todo, aquellos senderos por donde iba la muerte acompañando, senderos escondidos de la sierra.

Eso sí que sería importante retratar. Yo no; yo ya no estoy allí, nada tengo que ver con las palabras que el otro se llevó, que ni siquiera entenderá, que significarán menos aún, a través de esa tonta, atrofiada cabeza. Es estar ahí enfrente, sentada, verse a sí misma con cara de vergüenza. Siempre se espera una expresión distinta, otra cara, otro gesto. Tan mal nos conocemos. O cuando el armario está abierto, torcido y al volvernos no nos encontramos, sólo el vacío de la pared de enfrente; así esta tonta, estúpida entrevista.

Echar la llave, terminar aquí, sin fotos ni palabras, despedir a este loco que sólo sabe mirar al sol como los incas. Encerrar para siempre en la memoria todo lo que ya no se puede repetir, aquella habitación tan tibia, aquella lumbre, por encima de la cual se apuntaba a ratos nuestros dedos. Olvidar ahora mismo, aquí, sin más, aquella catedral famosa, su enorme, pesada sacristía, sus cómodas de cajones inalcanzables y aquel aguamanil blanco y barroco.

—Por fin no les dan ese permiso.

—Sí lo darán. Siempre es igual. Al principio, todo inconvenientes. Luego llaman al coronel y el coronel al canónigo mayor, y éste al obispo y el permiso viene. Siempre es lo mismo. Me lo sé de memoria, como el frío.

—¿Es eso lo peor; el frío?

—El frío y todo, los viajes, los hoteles... O mejor dicho: las fondas la mayoría de las veces.

—Pero esto le gusta, ¿no?

—Todo el mundo hace algo, y, desde luego, está la vocación. Si; me gusta. Me gusta más que estar en una de esas oficinas militares o en casa cosiendo para el frente. Aquí, una tiene sus ratos buenos. Sí; seguro; me gusta.

—¿Y después?

—¿Cómo después? ¿Cuando acabe la guerra? Ya veremos. Primero habrá que esperar a que termine. Ahora todo aquí parece fácil, distinto, para mí al menos. Salir, entrar, estar siempre de viaje. Para una chica que antes no pasó de Madrid, es mucho todo esto. Luego, no sé, veremos.

—¿Usted cree que va a ser como antes?

—Cualquiera sabe... Para mí, no, desde luego Cuando esto vuelva a quedarse vacío, va a ser difícil volver a lo de siempre. Cuando todo el mundo se vuelva a su casa, esto va a convertirse en la casa de nadie, en un desierto.

—No para todos.

—De una forma o de otra, para todos, por suerte o por desgracia. Eso dice mi padre. Usted no se imagina lo que es esto sin guerra.

—No, no es fácil sin haber vivido aquí antes.

—Pues yo sí, siempre, por eso se lo digo. Es algo que me hace dar un vuelco al corazón cada vez que corre el bulo de que Madrid se rinde, que se acaba la guerra.

—Búsquese algo para irse también.

—También lo pienso a veces. Acabar con todo esto y buscarme algo allí, o decidirme y tomármelo en serio.

—¿El qué? ¿Lo del teatro?

—Sí. Al principio ya sé que allí será otra cosa, más difícil. Luego, después de un año o dos, seguro que me acabo acostumbrando.

Incluso a aquellos cuerpos inmóviles, en inverosímiles posturas, en el fondo de las cunetas, como espantados por el claxon del coche; incluso a aquellos rostros quemados, ciegos, de las primeras filas de los primeros bancos de madera, escuchando atentos el rumor de los versos, a través de sus oídos deformados por los estampidos y las vendas; incluso a aquellos ojos flotando, no en el fondo del vaso, sino el casco redondo y blando de aquella otra botella, blandida quien sabe si como un trofeo o bandera terrible, en aquellos primeros combates de la sierra. Allí estaba, como Pablo de-

148

cía siempre; luego, la imagen de aquel tiempo en el cristal, en el fondo de aquellas aguas manchadas de coñac. Allí dentro se iban los días transformando, desde aquella mañana en la sacristía enorme; se iban modificando a partir de la vieja ciudad que, a cada paso, cada vez que se alzaba o bajaba el telón, iba quedando atrás, vacía, inalcanzable, ya cada año más lejana en el tiempo. Sus casas, sus paseos de niña, su misma casa, el instituto, huían, se alejaban más allá del estrecho cerco de sus murallas rotas. Era inútil intentar perseguirla, volver a veces, buscarla, intentar abarcarla en su maltrecho cerco de piedra, deshecho ahora para aliviar el paso de la carretera. Ya era inútil volver, intentar compartirla siquiera unos minutos, recordar con Pablo aquellos ojos en su terrible lecho de cristal, con él tan aburrido ahora, tan olvidado ya de sus palabras, de aquella fiebre repentina de los días de guerra.

De pronto sentía soledad de él, angustia de él, de aquellos días, de la ciudad con sus torres amarillas, de sus calles no muertas todavía, plazas, caserones vacíos, llenos de olores vagos, luces, palabras, perros, de aquel soldado que hacía de traspunte, que llegó a media escena con que la guerra había terminado.

Comenzar otra vez, como Pablo decía, luchando por no mirar atrás, por seguir adelante como entonces también, cuando el asalto a Madrid, a aquel

Madrid del hambre y las trincheras. Volver, rehacerme dentro de mí, cada porción de mí, hundirme cada noche y volver a renacer al día siguiente. Resistir otra vez más allá del cristal, al hilo de los viajes, ver desde más allá de la botella donde los ojos reposan, cómo a mi alrededor se come y bebe, se ama ese amor turbio de hoteles y pensiones, ese amor de las horas ociosas, ese amor vago del primer amor o de miradas, celos aparatosos, arreglados luego. Vivirlo desde la sombra helada de aquella sacristía, recordarlo mientras el fotógrafo prepara al fin su máquina, me mira por su gran ojo azul, cerca del cual van y vienen sus manos.

Un poco a la derecha. Atención a las manos. Sonría un poco: sonrío como sé, estúpidamente supongo. Gesto un poco más suave: lo pongo menos hosco. Si puedo avanzar un poco: sí que puedo. Ahora sólo un instante; una más; otra; conviene terminar con el carrete. Valía la pena. Aquí ahora hay una luz excelente. "Son los árboles — explica —. Además tiene usted una expresión distinta a la de antes. Menos crispada, más tranquila, más suave."

7

El palacio sigue vacío. Fue inútil la presteza de
consejos y alcaldes, recogiendo, salvando muebles,
ropas y alhajas con sus manos, los frailes enviados
por las distintas religiones para apagar el fuego,
lavar y reparar los residuos y estragos de las llamas. Tampoco sirven, no alcanzan los grandes do-
nativos, los doscientos mil ducados recibidos para
poner en pie de nuevo tramoyas y telares, hachas,
músicas y luminarias para góndolas, carrozas, de-
monios de cartón y soles de papel pintado.

El teatro continúa cerrado, mudas sus celosías, vacío el aposento del rey.

Porque en el viejo alcázar, en el extremo opuesto
de la villa, se ha hecho subir a la cámara de la
reina, la flor de lis con un pedazo de *lignum crucis,*
propiedad del más antiguo convento de la corte.
Ya va para dos semanas que está enferma. A las
primeras calenturas hubo consulta de los seis médicos de palacio. La sangraron, pero el mal fue
subiendo del cuerpo a la cabeza, entorpeciendo la
garganta, enrojeciendo las mejillas, obligando a repetir una y otra vez las sangrías en los pies y los
brazos.

Ha salido en procesión la imagen milagrosa de Atocha, aquella que muda de color el rostro en vísperas de guerra o peste, en cualquier calamidad pública, y han llevado a la cámara el cuerpo de san Isidro, a la sorda, en total silencio, con muchas luces y gran devoción.

Mas a pesar de recibir los óleos, el mal ha ido en aumento, el pulso ha huido definitivamente. El mayordomo de Su Majestad, tras correr las cortinas, se apresura a despachar un correo en su propio coche, para avisar de la muerte al rey que se halla fuera de la ciudad, a fin de que apresure cuanto pueda su vuelta.

Han vestido a la reina un hábito de san Francisco sobre la misma camisa que tenía; la han calzado y puesto, sin embalsamar, en su ataúd de brocado de nácar; la cabeza en la almohada con la corona y cetro.

A un lado de la cama de plata, donde el cuerpo reposa, se hallan las damas y señoras de honor. Enfrente, al otro lado del dosel, rodeados de los siete altares que adornan la gran sala, duques, grandes y condestables. Tras el oficio y responso, los grandes han tomado el cuerpo y lo han bajado por la escalera secreta del alcázar hasta el jardín que cae sobre la villa, acompañado de las damas y princesas con alaridos y llantos. Han clavado la caja en las andas y rompiendo marcha alguaciles y ministros, tras la sordina fúnebre y el guía, va el cuerpo de la reina camino del panteón nuevo que tanto temió en vida, rodeado de pajes, guardias viejas con alabarda en mano, monteros afligidos y señores de honor arrastrando sus lutos.

Atrás queda en silencio el jardín, el palacio nuevo y su salón de comedias, pequeño paraíso alzado por su gusto en el parque.

Y aquella misma tarde, a aquella misma hora, estando muy sereno el cielo, se vio una negra nube que venía de Levante, dilatada y angosta, cruzando entre Mediodía y Poniente. Estuvo mucho tiempo fija sobre el palacio y aún añade el cronista: "Prodigio otras veces repetido con esta pérfida nación y tantas olvidado. Así corre esta voz, no sé qué fundamento tenga".

Viaje de vuelta

Casi siempre sucede al atardecer, pero esa imagen, el paisaje que busca, que recuerda, suele verlo, representárselo, a mediodía, un día de excesivo calor, tal vez de agosto o julio. Es una escena en que unos niños juegan a lo largo de un gran paseo, sobre bancos de piedra sin respaldo, tales como no los hay aquí, y reyes blancos, esos sí, como éstos, cerca de grandes y solemnes plátanos. Aun antes de que esos haces anaranjados crucen sobre el fondo del cielo de tormenta, cuando aún el sol pastoso no ha empezado a derretirse sobre la gran corona de azoteas y tejados que domina el parque, ya comienza esa desazón que conoce tan bien, esa inquietud que le expulsa de casa y que empuja sus pasos hacia la calle.

A esa hora, sobre todo en invierno, los cines se hallan cerrados por lo común, les falta una hora todavía, los cafés le empujan a su vez, también, más allá de sus puertas y, en cuanto a los amigos, aún no salieron del trabajo. Él también tenía anteriormente ocupada su tarde. Entonces no existía este problema o si existía no llegó a notarlo. Era molesto, efectivamente, dejar el rotulador sobre los talcos, meterse de cabeza en el tráfico, salir, comer, intentar hilvanar un comentario antes del postre, soportar alguna que otra queja habitual, sorber rápidamente el café de la madre y zambullirse de nuevo en la calle, rumbo a la sala poblada de tableros y banquetas, de lápices, rotuladores, óleos y bocetos terminados a medias.

Era molesto, pero, tal como aseguraban los matusas, se tenía la tarde solucionada, sin gastarse además ni un céntimo. Ahora no, ahora todo se acaba a eso de las cinco que es la hora peor, esa que, sobre todo con el tiempo bueno, le hace echarse a la calle como quien se echa al monte, huyendo de algo, huyendo de sí mismo, en cierto modo.

Pero la calle, los escaparates, las tiendas de corbatas, incluso esas chicas de los abrigos largos, de pechos incipientes y ojos enormes, falsos, se acaban también, vienen a ser prolongación de la casa, de aquella habitación que invade y calienta ahora el mismo sol del parque; las mismas chicas están allí, en los posters de grano tan espeso como la trama de los cuadros, los amigos del pelo como estopa mullida también se hallan inmóviles en un par de conjuntos musicales, y su voz y su agria melodía se hallan allí también, cerca del tocadiscos arrumbado, encerrada en las dos columnas de microsurcos empalados en dos trozos de madera, como las roscas de anís de las viejas verbenas.

A esa hora, tampoco han salido los periódicos.

Pasa revista a los dos o tres escaparates más cercanos y comprueba que siguen allí los mismos libros que tampoco le importan demasiado, los mismos magnetófonos, para lo que el dinero no le alcanza aún, y los viajes a países que incluso no sabría situar en el mapa. A veces llega a quedarse inmóvil ante las tiendas mucho más tiempo del necesario, incluso se fuerza a ello intentando engañarse, preguntándose si el negocio al otro lado del cristal saldrá adelante, si ganarán o perderán, si valdrá la pena seguir al pie del cañón, detrás del mostrador, o si volverá a sorprender a la cajera de la agencia de viajes ajustándose los leotardos.

Es inútil calcular cuánto queda de vida al comercio que en esa calle, como en tantas otras, emigra hacia otros barrios, intentar apostar consigo mismo o buscar algún nuevo modelo de coche entre los muchos aparcados, solitarios, inmóviles, como si hubieran sido comprados para eso, para ser admirados sin cambiar de sitio, para envejecer, niquelados y estáticos.

La calle, como antes la habitación, le empuja, le expulsa, le inquieta y obliga a marchar adelante. Esa inquietud que ya conoce, que mueve casi sus pies, le lleva definitivamente, como siempre, al parque. La puerta principal, la de la gran escalinata, es la más cercana al portal de casa y, sin embargo, esa inquietud, ese afán por marchar, por andar, por alejarse no le lleva hasta ella. Es preciso cruzar la avenida por el paso subterráneo recién inaugurado, seguir la verja todo a lo largo, doblar una de sus esquinas ciegas, la que domina el gran depósito del agua disfrazado de montaña con mirtos y aligustre, y enfilar ese desconocido paso en que los hierros se alzan hacia las copas, en un arco de grecas e iniciales dudosas formando una vegetación inmóvil y oxidada.

Por ese paso, respetado sin duda en beneficio de los niños de los barrios fronteros, entra él también. Podría quedarse allí; alguna vez lo intentó, bajándose un periódico o un libro de trabajo, incluso simplemente entornando los ojos, dormitando, pero al cabo de un rato, a pesar del calor que en verano pide el cobijo de los árboles, de nuevo le es preciso alzarse, arrancar pesadamente para, al final, acomodar el paso al ritmo de los días anteriores.

En invierno pensaba que el cuerpo se lo pedía por el frío, o también como un poco de ejercicio que compensara sus largas horas sobre el tablero, pero ese caminar no le templa ni le anima, no es como los paseos de todos esos ancianos, matrimonios o vagos rusonianos, parte integrante del parque ya, de los castaños de color sedante, de esas fuentes de ritmo intermitente, del tranquilo ondular de las lanchas que en un respiro, el altavoz no llama.

Tampoco es una de esas pintorescas formas que surgen, desaparecen y nacen otra vez por las colinas, entrevistas apenas en las vaguadas, azules, rojas, verdes, de trote exacto y respiración medida dentro del cuello que defiende la toalla enrollada.

Éstas no miran en torno, no buscan ningún paisaje, les basta con adivinar, a lo largo de su carrera ensimismada, los mojones que señalan el final del césped, los gastados bordillos que antiguamente señalaban en la arena los límites del paseo de caballos.

Es un paseo, un caminar que le devuelve cansado a casa, tan cansado que ya apenas se mueve hasta la cena si no llegan los amigos y aun, a veces, prefiere quedar allí antes de iniciar la peregrinación de siempre: tedio, palabras, cine, política, todo a lo largo de interminables cubalibres. Ahora pueden poner los discos al volumen que quieran; prácticamente toda la casa es suya a esas horas, desde que se casó la hermana. Al final, cuando el jardín más allá de las ventanas se borra, el cuarto, los discos, los rostros de bigotes lacios y gafas exagonales o cuadradas le empujan con los otros, escaleras abajo, no rumbo esta vez a la puerta oxidada de enfrente, sino calle abajo, hacia el centro, se diría que huyendo de la verja.

Antes de que Isabel se casara con Marcelo, antes

de aquella boda con el niño dentro, también Marcelo a veces solía aparecer por casa hasta la hora de cenar, fingir con ellos horas de estudio hasta bien entrada la madrugada. Ahora, en cambio, ya familia común, apenas aparecen y él por su parte, si algún día la madre les invita a comer, se entretiene y procura llegar lo más tarde posible.

Lo que más le molesta es que el padre se lo eche en cara luego; el padre, que al enterarse del asunto del niño, hizo esa escena que todos esperaban y que, al igual que todos esperaban también, al final acabó por ceder, poco tiempo después del bautizo.

No la soporta. No soporta a la niña. Mucho menos al abuelo cuando mira a la nieta por encima de la mesa. De buena gana se encerraría en su cuarto. La madre le riñe sin mucha convicción. Es preciso comprender a los demás. Ya pasó todo. Ya se arregló todo. A fin de cuenta en todas las edades sucedieron estas cosas. Lo dice con un tono insufrible, pedante. También añade eso de que nadie se opuso cuando él quiso colgar los estudios, cuando se hartó de intentar, año tras año, el ingreso en aquella carrera.

Su hermana fue la primera en sacar la cara por él. ¿Por qué no le comprende él ahora y le ayuda a su vez, en lugar de hacer tiempo en el jardín y poner esa cara de juez que hasta luego los amigos le notan? Quizás toda esa simpatía que ellos tanto celebran, todo ese buen humor que alaban, se queda al pie de los grandes tableros de pino, entre reglas, lápices y pinceles y esas láminas de plástico que más tarde se animan en la pantalla que consume sus horas a la tarde, anunciando bebidas, sopas, muebles o sesudos consejos con palabras pedantes y sonoras. Todo su buen humor se queda allí, en casa es diferente; calla, duerme, escucha su música, sale, pasea y vuelve. A veces con un cubalibre de más que se le nota.

Iba caminando con Isabel alrededor del estanque pequeño, aquél de la casa en el centro, mitad palacio diminuto con ventanas, torrecillas y jarrones, mitad cabaña rústica, de troncos como los puentes, viejos ya de verdad, que adonan los paseos. Isabel explicaba que el palacio era la casa del rico y la cabaña la casa del pobre. Así debió de ser cuando las construyeron, pero ya las dos se hallaban por igual, quizás más derruido el palacio, sin un solo cristal en las ventanas y el agua carcomiendo sus maderas. El estanque, ochavado en torno, era tan sólo ya una charca vacía con su fondo poblado de hojas podridas pegadas al cemento, en la que los gorriones picoteaban a la caza de insectos, en tanto las palomas se posaban sobre las diminutas veletas tumbadas en lo alto. Allí vivieron durante mucho tiempo el pobre y el rico que venían a ser como aquellas parejas del circo o del cine, como el tonto y el listo, como el gordo y el flaco.

Habían vivido sin salir de la casa en donde fueron colocados. El rico con su rostro alegre, sonriente, tranquilo, con su mano derecha siempre en el ala del sombrero, dispuesto a saludar a cualquiera que cruzase ante sus ventanas.

El pobre, en cambio, al amparo de sus ropas destrozadas, tenía rostro triste y aspecto maltrecho, y los ojos tan cansados como sus manos. Pero él no lo sabía porque su casa daba eternamente a la sombra y ninguno de los dos vecinos podía alejarse más allá de la verja que vedaba el paso a los niños ahora.

Pero un invierno en que llovió desde octubre hasta mayo llenó hasta rebosar el estanque en torno de las casas. Más tarde vino el aliento de marzo para barrer las hojas que aún navegaban por la superficie y a la noche, en una de esas noches en que la luna corría sobre el viento, quebrando allá, en lo alto, las copas de los árboles, vio el pobre la airosa silueta de su vecino reflejada en el lago tan oscuro y quieto que rodeaba los muros del palacio y la cabaña. Desde entonces no volvió a dormir. De noche le veía otra vez en la pared medianera, como si de pronto se volviera transparente y con sol, se le aparecía bajo los pinos, con sólo abrir las maderas de las ventanas. Así, otra noche, en que la luna era tan sólo un tajo circular en las nubes, como un pedazo huido en las densas tinieblas de lo alto, el pobre esperó a su vecino a la entrada del estanque y lo borró de un golpe, con un relámpago brillante como aquel blanco tajo que lucía en lo alto.

Cavó un hoyo profundo y cubrió el cuerpo con arena para que al día siguiente lo borraran los pasos de los niños. Pero era inútil porque el sueño no volvió y cada noche surgía de nuevo en la pared frontera a su lecho, con su suave ademán saludándole, invitándole a pasar o tal vez ordenando, con el mismo gesto que los reyes del parque. Quizás era indestructible, eterno, y cuando a la noche cruzaba ante las blancas siluetas de piedra siempre temía reconocer en ellas su rostro, su sombrero en las manchas de sombra que no alcanzaba a despejar el correr silencioso de la luna. Todos aquellos vagos perfiles se parecían a su vecino, muerto ahora, y eran muchos, casi infinitos como sus culpas, que crecían cada noche y su temor a encontrarle, reconocerle, a distinguir sus huellas en el barro.

Y en una de esas noches, cuando volvía cansado, temeroso, le descubrió por fin, mirándole desde el fondo sombrío del estanque. Allí estaba, más allá de las hojas y pétalos, entre insectos y plumón de palomas. Veía su tranquilo ademán, la mano que alzaba el sombrero con aquel su ademán tan familiar, con aquel gesto que tan bien conocía, su casaca de botones de nácar, su camisa de pechera rizada y los zapatos de menuda huella que tanto temió hallar en las noches anteriores.

Y mirando con atención vio el pobre que el rostro bajo el sombrero era su propio rostro. Allí estaban sus ojos mezquinos siempre y sus blandas manos asomando entre el encaje como tristes racimos. Era su misma imagen quien miraba desde el agua y el pobre comprendió que era inútil la muerte de su vecino y una noche, en que sus propios ojos le miraban desde más allá de los plátanos y el limo, acabó sepultándose en él, igual que esos enfermos que se matan para salvar un tiempo de su vida, intentando recuperar con él otro tiempo, otra vida que esperan.

Las dos casas quedaron vacías, cerradas, y ya nadie volvió a acordarse de aquellos dos singulares vecinos que, como todo el mundo sabe, vienen a ser la misma persona, a poco que se mire.

Se lo había contado cierta vez, en una de esas enfermedades de niño que se recuerdan como viajes a lejanos países de los que se vuelve casi siempre mayor y, a veces, casi viejo. Se lo contó allí, sentada al borde de la cama, en ese cuarto tan distinto ahora, sin discos y sin posters, tan sólo con una mesa en la que se suponía debería dedicar la tarde a los deberes y ante la que Isabel, a veces, le ayudaba a abrirse paso por el camino farragoso de los textos.

Otras veces le había vuelto a pedir aquella historia seguramente inventada, imaginada por ella, pero Isabel nunca la repitió. Quizás ni ella misma la recordaba. Inventada, olvidada, como todas las historias verdaderas. Pero él la recordaba siempre al cruzar ante aquel diminuto palacete, reconstruido ahora, como casi todos los rincones del parque. Los tejados, jarrones, falsas ventanas, escayolas y cristales se hallaban ahora limpios, repuestos, lúcidos, se diría recién estrenados, dispuestos a repetir la misma historia a pesar de que ahora faltaban sus dos personajes, todo dispuesto como para una revista especial, como los taxis una vez a la semana en el paseo de coches.

Y también recordaba la muerte de los dos en aquel agua viva de invisibles insectos, cuando allá en el estudio, sobre el tablero, descomponía el alegre vuelo de una abeja en veinte iguales y distintas, sobre un paisaje que era el jardín, a partir del cáliz de una flor del parterre, hasta dejar el polen, cálido aún, en el fondo de un tarro de miel, tal como deseaba el anunciante. Ese anunciante que llegaba algo tímido al principio y que, a medida que la conversación se prolongaba, a medida que iba aprendiendo sobre las palabras de su interlocutor aquellos torpes trucos, cobraba velozmente realidad del valor de su dinero y se iba alzando en su orgullo sólido, en ideas rotundas y tenaces.

Allí, sobre el papel manchado apenas, iba surgiendo el jardín tal como lo recordaba de pequeño, distinto y lejano de aquél que recorría luego, a la tarde. Sobre el papel nacía aquel otro que Isabel en el cuarto, entre lección y lección, se entretenía pidiendo: "Pinta al rey a caballo. Dibújame la cabaña del guarda. No, ésa no, la que está casi afuera, en la puerta. Ahora el guarda mayor, el que tiene las llaves en el cinto. Ahora el chico que monta en la bicicleta azul. Ahora píntame a mí sentada delante del estanque". Aquel jardín era amable, diferente del otro de las cinco. Era un jardín poblado de miradas amigas conocidas, de secretos rincones, reconocidos también, al primer vistazo. Allá al fondo del cerro de los pinos se hallaba el lago chino con su pagoda de oro devolviendo a las copas de los árboles el sonido del viento y el resplandor del aire.

Pero aquella pagoda, misteriosa entonces y vacía ahora, ya había aparecido un día sobre el papel, con su viejo y exquisito mandarín ante la puerta, recomendando un té recién importado. Y cada vez que el parque aparecía a lo largo de la línea tan suave de la tinta, sobre el tablero de luz despiadada, violenta, sentía dentro de sí un vacío que se iba ahondando a medida que las imágenes huían. Cada vez que una de ellas se agitaba blandamente en el fondo letal de su memoria para acabar concretándose entre las planchas transparentes — flores, pagodas, insectos raros —, sentía que algo se iba agotando, escapando a lo largo de su mano, imposible de detener o calcular, tan sólo en la medida del hoyo, del vacío que después, a la tarde, sentía dentro.

En un principio ese hoyo, como él mismo lo llamaba, era fácil de volver a llenar, quizás porque el canal secreto de donde el parque bebía su color y su forma se mantenía oculto, inagotable, quizás era simplemente cuestión de edad o que el cauce venía de más allá de los tiempos de la infancia, pero a medida que los años fueron quedando atrás, después que Isabel se alejó para acabar casándose, cada vez que el jardín surgía en el papel, se concretaba, salía de sus manos, la línea se secaba, vacilaba, se volvía más pesada y torpe y las noches se alargaban bajo las horas de ese reloj monótono que afilaba su templete bajo la cara brillante de la luna.

Por entonces pensó si aquellos breves viajes que, como un hábito, él mismo se obligaba a hacer, casi siempre a horas parecidas, no tendrían como fin llenar ese vacío, borrar el hoyo, colmarlo otra vez de aquellos otros días, de nuevas horas, en el mismo lugar que en otro tiempo. Aquel tiempo de las caras nubladas, retumbar de portazos, discusiones cortadas en un grito, largos silencios como esa pausa invernal de las primeras mañanas de escarcha, hasta el día de la ceremonia que no quiso presenciar.

Entonces todas aquellas voces agrias y actitudes solemnes se habían vuelto en contra de él, como si fuera el verdugo, el causante remoto de la frustrada boda.

Ya la casa del pobre y del rico llevaba tanto tiempo cerrada que ninguno de los dos la recordaba abierta, limpia y nueva; aun por entonces, Isabel le llevaba hasta el colegio situado al otro lado del parque, en un piso, tras un sucio cartel que decía "Academia". Y ya tarde, con el cielo justo como un mar encendido, volvía a recogerle para cruzar de nuevo aquel jardín tierra de nadie, planeta de los dos por un instante, azotado por ráfagas que hacían repicar las hojas sobre las tapias rojas de la casa de fieras. El incendio de nubes en lo alto se iba borrando, como más tarde sobre el tablero, en el papel, hundiéndose en el azul plomo, sobre los dos caminando bajo las bóvedas solemnes y vacías, dejando a sus espaldas la puerta hacia la que señala el ademán de los reyes, en busca de la otra tan pequeña, olvidada, salvo por las criadas y los niños.

Allá van los dos, silenciosos, cortando el perfil del viento unidos, apretadas las manos. Todavía Isabel no se detenía en el portal, ni en la escalera con los vecinos de los otros pisos, ni jugaba con el cordón del teléfono a lo largo de los largos silencios jalonados de lacónicas respuestas. No miraba a la calle tan a menudo, buscando, esperando aquel coche pequeño, rojo, de techo blanco y faros complicados.

Iban los dos apresurando el paso, un poco temerosos siempre, a pesar del camino cotidiano, cuidando de no escuchar otros pasos detrás, esos pasos y sombras, susurros y palabras de que tan llena, repleta, estaba cada advertencia del padre o de la madre. Pero el parque sólo vivía en el rumor de fuera y en las lejanas hogueras de los guardas. Y vivía también en aquel cuadrado de luz azul que poco a poco se convertía en un rectángulo, en la cúpula del viejo palacio de cristal, tan viejo y apagado de día, y blanco ahora, de cerca, parpadeante, flotando entre los árboles como un navío en fiesta. Sonaban voces dentro que ahuyentaban el miedo y el recuerdo del padre, incluso ese respeto a aquella oscuridad que venía pegada a los ojos, al cielo que en lo alto se desplomaba a espaldas del estanque.

Más allá de los cristales del palacio se veían una serie de cajones de madera, a veces medio abiertos y otras deshechos ya, rotos en tablas arrumbadas que un par de mozos iban sacando por la puerta trasera. En las paredes recién enlucidas aparecían los tesoros: hileras de cuadros, colgados unos, otros simplemente apoyados contra el muro, manchas azules, amarillas, rojas, imágenes borrosas, imposibles de descifrar como la maraña de los árboles fuera o la huella en la arena de los grajos.

Las luces ya se iban apagando y un grupo de personas, hombres alguno de sombrero, otro de capa, otro con una larga bufanda casi arrastrando, tocando el suelo, salían o mejor bajaban la escalinata hasta el borde del estanque y se alejaban por el andén del paseo de coches, charlando en alta voz, discutiendo alzando el tono, cada vez que sus pasos se detenían, como para coger nuevos ímpetus, tal vez nuevas razones que lanzar en contra de los otros o simplemente al aire de la noche.

Aún hicieron alto unas cuantas veces antes de llegar bajo el haz de farolas de la puerta. Allí, la luz

169

pareció dispersarlos, disolver sus razones, porque, a poco, se despedían, se estrechaban las manos como amigos, bufaban maldiciendo del frío y desaparecían luego tras de la verja, borrados en sus sombras paralelas, que poco a poco acababan juntándose.

Y cuando el rumor de las voces se borró del todo, supieron que no estaban solos en aquel tupido bosque de negrillos que llegaba casi hasta las ventanas del palacio. Allí cerca alguien fumaba en la noche, sin molestarse en ocultar siquiera la lumbre del cigarro, alguien que a pesar del frío, lo mismo que ellos dos, acechaba las luces. Ahora, sin que entre los dos mediara una palabra, les venía desde lo alto, desde su casa, cuyos balcones casi alcanzaban a distinguir desde allí, el recuerdo de tantas advertencias, amenazas, relatos; llegaba en las tinieblas la expresión del padre, los ojos de la madre al abrir la puerta. Y, sin embargo, aquella silueta, con su punto de luz a la altura de la boca, no llegaba a preocupar tanto como el padre quería, quizás porque la habían descrito demasiadas veces o porque ella no trataba de ocultarse, ni se movía apenas.

Por el lado del paseo, del lado de la luz, llegaban unos pasos regulares, sonoros, casi rítmicos. Primero sonaban a ráfagas, como traídos por el viento, luego se hicieron más secos y concretos y, final-

mente, allí venía uno de los guardas, quizás el
principal, ajeno a la sombra, a los destrozos de las
aceras que debía conocer tan bien, al viento que
alzaba el ala de su sombrero cubriendo la escara-
pela, alzando su capote al sujetarla, transformán-
dole en un murciélago enorme.

El rumor de sus pisadas era el de muchas a la vez,
en tanto las farolas de la entrada multiplicaban su
sombra. A medida que se acercaba, la luz le hacía
cambiar de forma, adelantarse, huir, estrecharse
en abrazos fugaces. Había llegado junto a la otra
figura, apenas visible salvo en su punto rojo que
ahora arrojaba lejos de sí, murmuraba unas palabras que no se alcanzaban a entender, arrastradas
por el viento, la rodeaba, giraba en torno a ella, a
su cuerpo sin forma, embutido en pantalones ceñidos por un ancho cinturón de hebilla reluciente.
Giraron hasta reunirse en un punto y ahora llegaban a la par las dos voces, la del guarda y la otra,
palabras desordenadas, la voz de la mujer que
quería encender otro nuevo cigarro. Pero el hombre que ahora llevaba el ímpetu, la voz, la fuerza
de las múltiples sombras anteriores, tomaba a la
mujer del brazo y la arrastraba lejos del halo de
las dos ventanas, bajo la sombra afilada de los laureles. Allí se habían sentado los dos, y, a ratos,
bajo la luna, se alzaba la cabellera de la mujer y
flotaba como las nubes en el viento. Charlaban;

171

venían palabras, risas, voces ahogadas. Las luces del palacio las hacían sonar a extrañas, como arrancadas en aquel mismo lugar a una hora distante, diferente. Y todo aquello que se prohibía vino luego: pisar el césped, perseguirse, abrazarse, caer sobre él, balancearse, juntos los dos, los cuerpos y las manos; quedar inmóviles, llevar a cabo aquella pausada, calculada, repetida ceremonia, hasta quedar en silencio, otra vez los cigarrillos en el aire y la luz de los fósforos, bajo la calma helada de la noche, junto al murmullo de un agua que por allá en las tinieblas debía cruzar, camino del estanque grande.

En el silencio inmóvil, la mano de Isabel le buscaba en la sombra, le apretaba los dedos; una señal que bien podía significar "adelante".

Sentía el cuerpo helado y las manos apenas suyas, como los pies, sin saber si Isabel sería capaz de aguantar allí todavía, si era el miedo la causa de estar aún en el jardín y qué excusa deberían inventar a la noche ante el padre. La otra pareja, en cambio, a pesar del frío, permanecía inmóvil, con la luz roja de una boca a la otra. Las luces del palacio se habían apagado súbitamente y otras dos nuevas sombras bajaban la escalinata. También ellas charlaban, como aquellos otros que dibujaban en el aire con sus gestos. La noche, aquella noche estaba llena de voces, pisadas, pasos, cerca-

nos o remotos, todos extraños. Ya los dos mozos
se alejaban, uno de ellos más aprisa que el otro. El
segundo se detenía a veces y miraba en la oscuridad, en derredor, hacia el rincón por donde murmuraba el agua.

De repente, Isabel apremiaba. Ahora debía sentir
el frío aquél taladrando la espalda. Pero otra vez,
cuando estaban a punto de salir a la luz, el guarda
aparecía entre las matas secándose las manos en el
vuelo del capote, otra vez como un murciélago
enorme a punto de emprender su vuelo con el
viento a su espalda, haciendo restallar el paño, em-
bistiéndole. Tras él venía la otra figura, encogida,
maltrecha, ajustándose el cinturón brillante encima del abrigo. A cada trecho le era preciso detenerse aún, sujetarse el pelo, estirarse los ceñidos
pantalones, sacudirse del abrigo la broza. El guarda se alejaba, comenzaba de nuevo a dividirse en
otras muchas, simétricas sombras y sólo se detenía
cuando ella le llamaba con un grito único y espa-
ciado, lo mismo que los grajos. Hasta que al fin la
mujer acabó de colocarse el pelo y el abrigo y no
se detuvo más; se cogió a su brazo y, juntos durante un trecho, las luces azuladas les unieron por
última vez, hasta que llegando a la salida se perdieron tras el rústico cartel que dice al visitante
a qué hora se abre el parque y a qué hora se
cierra.

Ahora esa línea negra que traza sobre el papel el mapa con el tiempo de sus ocios, hace surgir la silueta del guarda, casi unida, pegada a la otra. La línea crece, traza tréboles, espirales, setos, ademanes de piedra, hasta dejar en el centro a la pareja, a medias escondida entre las matas de laurel, y al aire sus cabezas y sus piernas. Isabel lo decía: debería haber insistido más allá del dibujo, meterse con un cuadro, por ejemplo, con el color, no pasarse los días delante del tablero sólo para poder ir al cine después, a alguna discoteca, vestirse, bailar, aspirar a ese mini como todos, para al final acabar aburriéndose y volver a los paseos del parque, como siempre.

No tenía una chica como otros para charlar, fumar, hacer el amor, pensar en vacaciones al sol, reñir, beber, escogerse jerseys y pantalones, encerrarse en los pubs los domingos y llenar de cubalibres la cabeza hasta estallar a la hora del sueño. Nada de eso tenía; sólo, y era bastante, aquella soltura suya con el lápiz, con el trazo pesado del rotulador sobre los grandes pliegos o el pulido celuloide, algo que allá en el interior de su cabeza le elevaba por encima de los otros. Isabel lo decía, procuraba convencerle, a su pesar, de que un día, cuando dejara atrás aquel eterno intento de la carrera impuesta por el padre, cuando lo echara a un lado definitivamente, acabaría hallando ese camino real que, quizá sin saberlo, llevaba tanto tiempo buscando.

Pero Isabel se casó un día, y aquella línea negra, los trazos firmes, suaves, en los que los álamos se ceñían al viento, quedaron inmóviles, las verjas de remates dorados se acabaron borrando y el guarda se separó de su pareja, alzándose, alejándose del bosque de negrillos, abandonándola en el césped, tan parecida igual a la misma Isabel, casada de rebote como tantos amigos.

Fue entonces cuando dejó los estudios definitivamente, ante el desánimo del padre que temió no poder soportar aquel doble fracaso, un poco atenuado cuando el hijo aclaró que estaba dispuesto a trabajar y consiguió cumplir su promesa antes de una semana. El padre concentró entonces su atención, su capacidad de autocompasión en Isabel que, por fin, tuvo aquella niña que a menudo traía los domingos, que dejaban con ellos toda la tarde y, a veces, también la noche hasta el día siguiente.

El lunes aparecía Isabel sola y después de comer se encerraba durante largo rato con la madre. Al marchar, casi siempre coincidía con él que volvía a esa hora del trabajo, y en vez de besarse como de chicos, se estrechaban la mano sin atreverse casi a levantar la mirada francamente, como en aquella noche, lejana ya, del parque.

Y en el parque, después, no podía resignarse a olvidarla, ni tampoco a aquel necio de Marcelo, que ni siquiera se llamaba así, que en realidad se llamaba Marcelino, dispuesto a hacer el amor a cualquier hora, vomitando truenos a cualquier hora, por su brillante y subterráneo tubo de escape.

La línea se ha detenido sobre el celuloide limpio, sobre el nuevo tablero, apenas estrenado, como la habitación que no es tal habitación, sino tan sólo una pequeña parte de la grande que ocupan ahora todos los dibujantes, técnicos, creativos y encargados de "singels" y textos, separados por biombos de idéntico color que el suelo y las paredes.

Los chalecos de tela, pasados de moda, las corbatas viejas, las mangas recogidas por encima de los codos, los bocadillos a medio terminar, algún que otro periódico deportivo olvidado en el alféizar de la ventana, pertenecen al otro estudio viejo, tanto como algún que otro armario, los ficheros y unos cuantos raídos tresillos. Es como si hubieran alzado los antiguos muros, tapizado el suelo y colocado los biombos sin que los dibujantes alzaran el plumín del papel, sin que los de los textos dejaran de mirar el poster que cada cual coloca frente a sí como una imagen protectora, un ángel tutelar y fuente de inspiración; sin que los de las fotos se hayan movido del rincón de las sombras y las luces, de su trabajo secreto y perezoso.

La línea se ha detenido. Ya está el fondo, ese jardín que el jefe de la sección de creativos ha pedido, ese jardín sobre el que habrá de aparecer esa botella que los de la imagen real han retratado cien veces con su brillo espléndido y refrescante, tal como el técnico de la casa madre, venido exprofeso de Inglaterra, ha indicado, colocando personalmente las luces, retocando las gotas que rebosan, consiguiendo que el tapón salte con gracia, a su debido tiempo, para poder captar ese vaho que se esparce en el aire, que se desprende de su boca y se desliza cuello abajo, lento, por el cristal, hasta llegar a acariciar la mano.

Antes, años atrás, cuando todo aquello no existía, sino sólo una especie de nave desamparada, fría, con cristales defendidos por telas metálicas de los chicos de fuera, todo era mucho más sencillo. Ahora es preciso consultar, preguntar, indagar. Ya no sirve saturar de carteles las calles más cercanas a la casa del cliente, o averiguar qué periódicos lee, o retratar a su niño en el anuncio, ahora es preciso encerrarse con el jefe y consultar estadísticas, estudios en inglés y libros con ideas que se trae de sus viajes a Nueva York y Londres. Ahora ya todos piden estudios de mercados, idea de la campaña a realizar, informaciones que la mayoría de las veces se inventan, pero que cuestan y se cobran como si fueran reales, horas de audiencia, tipos, clase, número de lectores, técnicos en envases, en rótulos, en musiquillas de ésas, en rostros agradables, en modelos inglesas que cobran por minuto, por sonrisa, por vuelta de cabeza con el pelo centelleando en el aire.

El paisaje verde, dorado como este otoño que se escapa camino del invierno, está casi concluido, pero ya la música en sordina, que parece que no se oye, pero que a todas partes llega, se transforma en el diario toque de dos notas distintas, armónicas, al compás de las cuales todo el mundo alza el rostro de los tableros.

Son las cinco. El paisaje, las hojas a punto de teñir los bancos, las baldosas del paseo, deberán esperar hasta el día siguiente. La línea, sin embargo, continúa en multitud de carteles, no propios todos, más allá de los cristales sucios de polvo y grasa, sobre las tapias de ruinas y solares, en llamadas conocidas, voces mudas, impresas, colores escogidos tiempo atrás, rasgos, rostros que se recuerdan, letras de caracteres discutidos a lo largo de muchas tazas de café, enmarcadas, fijas a los enormes tableros de latón y aluminio, imposibles de leer, pero reconocidas apenas aparecen rompiendo con violencia el marrón apagado de los muros.

Finalmente, una cortina espesa, como telón final, corrida violentamente en sentido contrario a la marcha, envuelve todo un lado del autobús, desde el cristal del conductor hasta la ventanilla trasera. Ése es el parque, allá va su verja, veloz, horizontal, fundiéndose en sí misma, en sus propias tonalidades en la gran mancha dorada del fondo, en las sombras más claras de las estatuas y el espiral abierto de las palomas, buscando entre los árboles el amparo del viento. La cortina corre, se hace gris, verde oscuro, blanca en los robustos pilares que soportan máscaras invisibles al paso, verde otra vez, vacía y rota y, de repente, inmóvil junto a la señal luminosa que hay vecina a la puerta de la casa.

Arriba, en casa estaba. Acababa de llegar, cómo no, con la niña. Le saludó como siempre, como después de mucho tiempo. "¿Cómo estás? ¿Cómo va ese trabajo? ¿Trabajas mucho? Aparte, ¿no haces nada?, ¿no te cansas de no hacer nada toda la tarde?" Y la niña a sus pies, asida al chaquetón, mimada, le miraba a su vez, miraba

179

en torno, dispuesta como siempre, a tomar posesión de la casa. Pues se notaba bien que no era una visita más. Se veía no sólo en la hora, sino en cierta incomodidad, en el afán por volver a ordenar algo que allí, en aquella habitación vacía del mirador y los geranios, faltaba por encajar desde el lejano día de la boda. Mas ahora ni el tiempo ni el espacio coincidían y la hermana andaba por la casa con la niña en brazos, iba y venía buscando seguramente su lugar perdido, su rincón en donde refugiarse por un tiempo ya que, según explicaba la madre luego, no pensaba quedarse allí definitivamente.

Desde el mirador de los geranios defendidos con plásticos la veía pasear más allá de la verja, alzar a la niña de la arena del suelo, enseñarla a adelantar un pie tras otro, a no temer a un perro que a su lado corría, a los otros niños a solas con sus juegos. Más allá de las flores, las plantas y el absurdo canario, iba Isabel por el jardín con su hija omnipresente que la defiende, que impide a todos acercarse a ella. Allí estaba, como un residuo de los silencios en la mesa, de las explicaciones laboriosas, nunca pedidas, de esa forma de presentar sus decisiones al padre: dándolas ya por sabidas de antemano. No dice que las cosas con el marido vayan mal, que finalmente están a punto de romper, que se separan. Hay, por parte de todos, una falsa comprensión, indiferencia, aceptación de lo previsto, irreversible, inevitable. Viéndola abajo, con la figura diminuta corriendo en torno, se la imagina sola en aquella otra casa, si es que existe, por donde el otro no volvió a aparecer, ese piso donde él no quiso ir a comer desde un principio. Está tan sola como la chica envuelta en gasas de ese anuncio que preparan, que camina por una playa tópica de tan puro vacía. La hermana va también por la sombra de hierro y mampostería de la verja, en ese viaje de vuelta a casa que no se sabe si llegará a su fin, si será tan fácil, tan feliz como los padres esperan y desean. Apenas dicen nada; sólo hablan para sí; su rumor, su oración o murmullo les conforta, les da fuerzas cada mañana al separarse, cuando el padre se despide allá en la claridad de colorines, al pie de la vidriera del recibidor que pinta de Pierrot su gabardina. Un rumor continuo, que no suena a rencor, a lamentos, como tantas veces cuando los dos hermanos eran pequeños. Apenas se oye el rechinar de la cerradura, de la puerta encajándose, de los pasos bajando.

Se mete uno tan suave, por sus pasos, en el otoño agrio, color tabaco fresco, como ese agua que resbala del cielo sobre el parque más oscuro y revuelto. Lejos, figuras caminando como sobre las puntas de los pies, quién sabe si temiendo hacer daño a la tierra. El eterno avión de las doce se dispara puntual sobre las copas, con su velo de vapor negro a la cola, fumigando la ciudad y los árboles. Se camina bajo esa luz pastosa que parece que se siente entre los dedos, que se pega a la gabardina recién estrenada comprada por la madre en esos almacenes para los cuales tiene descuento. Las hogueras levantan sus penachos diagonales azules, suspendidos, blancos al sol, en medio de la niebla que la sombra de Isabel parece que corta o toca también, cada vez que sacude en el aire su cigarro. Isabel habla poco. A veces murmura señalando algo, un banco, una estatua o simplemente la penumbra que el sol vuelve a alumbrar por todos los rincones. Intenta uno sentirse como entonces, encontrar ese paisaje que tantas veces se comienza a dibujar, a trazar inútilmente en los ratos libres, allá adentro, en la cabeza. "¿Te acuerdas?" Pero el jardín no es el mismo, por supuesto. Tampoco lo esperaba. La hermana no habla con nostalgia. Es mejor. Tampoco con pena cuando explica cómo aquello falló, se vino abajo, si es que alguna vez se mantuvo en pie, simplemente ordenado. Tampoco saca a relucir la niña como era de temer. No ha puesto el menor reparo a que la madre se la llevara de tiendas, a comprarle todo eso que le falta: ropa, zapatos, chismes, cosas en las que bien se ve que tampoco se preocupa demasiado de ella. No explica nada; siempre: "Tú ya sabes", o bien: "Ya te imaginas"; y es verdad, no hace falta repetir esas historias, siempre iguales todas, de todas las mujeres y todos los maridos que ha debido recitar ante los padres, que el padre escuchó con paciencia aunque sin atención y en silencio para después apenas añadir nada, así cambian los tiempos. No hubo sermón, ni cargarse de razón, ni lamentaciones, ni explicar sus ideas sobre los matrimonios jóvenes, ni, mucho menos, ponerse ellos de ejemplo como en tantas ocasiones.

Así el parque dorado, agrio, color tabaco, color de moda como ese slogan que dice, creo: "Bienvenido, mal tiempo", va en torno de ella, camina ante sus pies, va tiñendo sus pasos y su ropa, queda atrás, se diría que la despide para quién sabe qué viaje del que ella no habla, pero que se presiente. No hace falta que lo explique tampoco. Sólo es preciso sentir alguna vez cómo pesan las horas en la casa. Incluso los senderos del jardín se deben desplomar sobre su espalda, sobre ese chaquetón de ante, sobre ese pelo lacio, sobre ese vientre lacio y las medias y los zapatos ya pasados de moda. Quién sabe dónde irá con la niña o si la dejará, como todas, un tiempo, con la madre, detrás de los geranios. Quizá vuelva a estudiar, buscará ese trabajo que dice o acabará por alejarse, paso a paso, defendida detrás de hileras interminables de cartas, cada vez más espaciadas, absurdas, frías. Tampoco ella va a encontrar ese jardín que busca, si es que lo busca, claro. Parques, ciudades, hombres, lechos, todos acaban a la postre, iguales. Nada te añade. Nada. Si acaso esa distancia desde la que me mirará, hablará, a través de la cual puede que intente estrechar mis manos. Mientras tanto, seguimos, vamos sobre las hojas, pisando nuestras sombras rojas, crujientes, mullidas, cadáveres del tiempo. Vamos dejando atrás las tapias cálidas de la casa de fieras, vacía ya también, ahora que se llevaron los animales en grandes jaulas cubiertas, sordamente agitados arriba, cargados en enormes camiones. Bajamos las blancas lomas coronadas de estatuas amarillas de atletas sorprendidos dominando leones pequeños como gatos, vamos siguiendo la orilla sin baranda del estanque donde duermen los cisnes, llegamos ante el palacio de cristal, nos asomamos dentro.

La línea negra sigue a su vez, prosigue su camino entre los árboles. Vuelve y gira, se encoge sobre sí, ahora toma la forma de los dos hermanos. "Píntame a mí ahora; ahora a ti; ahora juntos los dos, sentados en aquel banco de madera." La línea va dejando tras sí las dos figuras, tan unidas que donde una acaba, comienza la otra. La línea sigue en aquel otro papel tan basto, en aquel otro invierno tras los cristales, en la casa tan fría, trazando montañas imaginadas, nuevas; la casa china, dorada al sol, el estanque vacío; los dioses, entre los árboles, heroicos y desnudos. Allá en la habitación están los dos encerrados a solas con sus juegos que siempre son la destreza del pequeño, las ideas que la mayor va dictando, que nacen al compás de la mano, que concluyen siempre en esa imagen de las dos figuras inmóviles, blancas y vagas como los dioses del parque, ajenas al frío, a las miradas del paseo, a los guardas, a las amas y a los niños, desnudas y heroicas, en busca de ese jardín que ya saben que no van a encontrar nunca.

8

Llegaron de Nápoles, para surcar el estanque, seis góndolas muy ricas y lucidas, obsequio del virrey duque de Medina de las Torres. Estaban guarnecidas de plata, cosa grandiosa, estimada en 80.000 ducados, mas por hallarse dicho estanque seco, después del incendio de Palacio, y la Corte de luto por causa de la muerte de la reina, S. M. no llegó a embarcarse en ellas.

Memorial apócrifo

Las barcas

Vinieron muy de mañana. Aún la niebla se mantenía erguida, vertical, como un cristal mate sobre el agua invisible del estanque. Abajo, a ras de su nivel, podía distinguirse la superficie reposada, manchada a veces por los oscuros laberintos de las algas, pero, poco a poco, el cristal se fundía con sus reflejos oscuros en otro más lívido, cárdeno, que todo lo envolvía: agua, sauces, embarcadero y tablas.

Llegaron en dos grandes camiones, bien arropadas bajo toldos amarillos, seguramente tan nuevos como ellas. Fue preciso abrir paso en la barrera de tela metálica que rodeaba el embarcadero para botarlas al agua. No había allí ninguno de aquellos escolares madrugadores que acudían a navegar en los días de fiesta, ni los calmosos remeros del verano tomando el fresco bajo la sombra de los sauces, consultando la hora, hojeando el periódico, siguiendo en el aire el ir y venir de las moscas azules que animaban con sus vuelos la penumbra. Tampoco estaban, rojinegros, azules, amarillos, embutidos en sus ceñidos chandals, los del viejo cobertizo de madera con sus piraguas afiladas al hombro, dispuestos a romper la niebla a golpe de cronómetro; ni aquellos otros independientes, solitarios, fiados sólo de sus propios brazos, muy por encima de los demás, insolidarios, ojo avizor tan sólo a los botes cargados de muchachas.

Ninguno estaba para ver la descarga y botadura de aquellas lanchas nuevas, todas de plástico, fabricadas por moldeo, nacidas primero como una gran burbuja de materia viscosa y blanca, luego una forma con su proa, su popa y su quilla, finalmente endurecidas por un agua más fría que la de aquella mañana de niebla. Después sólo colocarles la borda de madera para matar los bordes, afilados aún, pintarlas y, por supuesto, añadirles los remos.

Tal explicaba el que las trajo con velado entusiasmo de profeta revelador de nuevos tiempos. Todo en pocos minutos, todo automático, salvo las partes de madera. Resistentes, livianas, sin dilatación, sin grietas, sin necesidad de calafate, le explicaba a éste, venido de su hoguera donde aún humeaba el alquitrán para la otra de motor: la grande de los niños.

—Ni se pudren, ni siquiera el agua del mar puede con ellas. Ni se rompen, porque tienen tan poco peso que ceden siempre al golpe, casi resbalan en cuanto se las toca. Eso mismo es lo que hace que no cueste trabajo remar. Hasta un niño puede con ellas. Prueben, prueben ustedes mismos, si lo dudan. No le digo más que hasta los yates se hacen ahora de plástico, los barcos de lujo, digo. Allí — señalaba la fábrica más allá, muy lejos, tras los árboles — no paran. Está vendido todo, lo menos para tres años.

El calafate y el del embarcadero y el mozo de la casa de fieras, que no era mozo sino viejo también, encargado, desde el traslado de los animales, de cuidar a las palomas y los patos, miraban aquellas barcas nuevas, inmaculadas, movidas con dos dedos, de formas tan simples y redondas como bañeras dispuestas a ocupar su lugar en un gran edificio, por construir aún, en las aguas tan calmas del estanque.

—Todo se hace ya en plástico — continuaba el otro en su apología —, todo, ya saben, incluso hasta los coches. Hasta incluso los huesos para las operaciones — y su voz era como la niebla en torno, traía un escalofrío de misterio —. Vamos, anímense y suban. Ya verán si se portan como digo.

—No, si yo no lo dudo — se resistía el calafate.

—Pero suba de todos modos — casi le empujaba —. ¿O es que le tiene miedo al día?

—¿A esa niebla?

—Al relente, al frío.

Vistas de cerca, allá a su pies, tan blancas, limpias, nuevas, era un poco ridículo subirse a ellas. A su

189

lado, las otras, tantas veces remendadas, curadas, repintadas, vueltas a taponar sus grietas al humo de la hoguera, parecían grandes trastos pesados, inmóviles como las bicicletas de la gran explanada de arena, viejas arcas de Noé, panza arriba, al sol que no acababa de romper, heridas de repetidos abordajes, golpes, astillazos. Quedaban sobre el césped tan ralo, sobre las tablas del embarcadero, sentenciadas en parte por las otras. Y ellos también, a su vez, quedaban sentenciados por aquellas formas irrompibles, indeformables, tan claras y sencillas como para alejar cualquier género de duda acerca de su eficacia. Así lo repetía el del camión una y otra vez, ante el silencio pasivo de los otros. Vuelta de nuevo con su canto monótono, fuera de lugar, en aquella mañana de opaca luz, helada aún, junto a la hoguera donde el alquitrán lanzaba al aire su olor acre y dulce a la vez, su humo denso, olor de tantos años al pie del gran reloj que marca el tiempo del esfuerzo, el placer o el tedio.

Las palabras sonaban a toque postrero, final, como aquel otro día en que vinieron los camiones a llevarse las fieras. Poco a poco, viaje tras viaje, cargaron con ellas a lo largo de tres días, arrastrando tras sí mozos y guardas, toda la gente de servicio, salvo aquel que ahora miraba, sin responder, los blancos lomos de plástico alineados en la orilla.

190

—Vamos, haga una prueba — se animaba de pronto.

—Bueno, vamos allá. Ven tú también — respondía el calafate.

—Si es por la compañía, hecho. Ahora subo.

—Para esto no hay edad — les empujaba casi el del camión, pero los dos temían más que al frío o a sus fuerzas, a su propia imagen remando en aquella cáscara nacarada, elegante como un juguete de los niños de las doce.

—Hala, súbete ya, que es el último viaje.

El último itinerario de los dos que ya subían con máximo cuidado en casa ajena, temiendo romper su leve piso, manchar aquellos pulidos bancos, aquellos remos recién barnizados, sin ensuciar aún por el roce sudoroso de las manos. Se colocaban a disgusto, entorpecidos los dos por aquella sensación de algo débil, inmaculado, nuevo, a punto de romperse bajo los toscos, deformados zapatos.

—¿Estás?

—Listo; ya estamos.

El calafate apoyó el remo en el borde del embarcadero y atrás quedaron las risas, las palabras de los otros, sus pintorescos ademanes de despedida, el humo del alquitrán desperezándose en la orilla bajo la gran estera cuadrada, de negros brazos casi iguales.

La hoguera se había borrado definitivamente y los dos hombres bogaban, tal como el calafate aseguraba, dentro de una de esas botellas opacas de plástico que ahora adoptaban las casas de aguas minerales.

—¿Será verdad?

—¿El qué?

—Eso que dice el amigo de los plásticos.

—¿Qué dice?

—Eso que acaba de contar de los huesos.

—¿Por qué no? Ahora dice el periódico que se hacen también los corazones. Hasta mujeres... —concluyó el calafate sin acabar la frase. Luego, anticipándose a la pregunta del otro, continuaba —: En el Vietnam. En la guerra las llevan. Se sopla en una válvula y se hinchan. Por lo visto las hay de todos los tamaños, de todos los colores. Blancas para los blancos y negras para los negros.

—¿Y para los demás?

—Allá se las arreglan.

—¿Y qué hacen a los tres días de estar fuera de casa?

—Eso yo no lo sé. Pero sí que las hay, a gusto de cada cual según se sople. Por lo visto lo malo es al principio.

—¿Qué les pasa?

—Que al principio resultan frías. Hace falta un tiempo para acostumbrarse. ¿Hace un cigarro?

—Bueno, trae.

—Luego volvemos. No vayan a pensar que nos fuimos a América.

El mozo de las fieras aún debía rumiar aquello de la mujer de plástico cuando encendió el cigarro, aún la veía llegar a través de la niebla con sus brazos rechonchos, su rostro de muñeca, su vientre redondo, oscuro y la pelvis hundida, fría, tan poco acogedora como el calafate aseguraba ahora.

—¿Y tú de qué te sabes esas historias?

—Son bromas que se gastan mi chico y sus amigos.

—Pero ¿son bromas o veras?

—¡Y yo qué sé! ¿Quién les entiende a ésos?

La mujer de plástico venía flotando por aquel ancho mar, como un ahogado hinchado, desfigurado, tras muchos días en el agua, bajo aquel fluido y monótono manto. Flotaba como un impúdico cadáver, con las piernas rechonchas, rotundas, abiertas, por donde el mar entraba en embites constantes y solemnes. Venía resbalando sobre la cresta transparente de las olas, como en los juegos de la mar en verano, pero más ágil, como volando al compás del agua, con su carne esponjosa un poco descolorida por la sal, el amor y los vientos. A veces parecía realmente un cadáver hinchado, dolorido, prieto; otras, una de aquellas morsas de piedra negra que apenas asomaban la cabeza maciza

193

en su estanque cubierto por el cañizo, siempre caído y siempre remendado. Ahora se erguía, se acercaba al galope de las olas, cruzaba ante la lancha, se perdía con su verruga en la espalda, seguro que la válvula de la que hablaba el calafate.

El viento la empujaba, la hacía saltar sobre la orilla cercada de acebos, la aplastaba contra sus hojas brillantes, sobre sus diminutos aguijones que, al igual que el acónito sobre la verdadera piel, iba dejando en ella su diminuto rastro de llagas venenosas.

Las piernas, sus brazos tiesos, redondos, su ombligo mirando al cielo desde el fondo del vientre, se fueron arrugando hasta perder su forma.

—Ahí mismo fue — confirmaba el calafate —, allí estaba la mujer del portero de la sala de fiestas.

—Los de las borracheras.

—La que encontró el guarda mayor al abrir aquel día la verja.

—Ni hablar. No es eso. La encontró el de las barcas. Al guarda se lo vinieron a decir después unos chavales que andaban por allí remando. ¿Cómo iba a encontrarla ése si ni se la veía, de metida que estaba entre las zarzas?

—Es igual. Da lo mismo. Rema un poco. El caso es que estaba como durmiendo, abierta de piernas boca arriba. Así que el guarda, cuando llamó a la policía, se creyó que era una de esas que se quedan

194

a la espera, a ver qué cae, o se meten por el paseo cuando cierran.

"Allí estaba, no ahogada, seca, blanqueando, como decía el amigo, bajo los brazos tensos de las zarzas. Daba miedo acercarse porque mirarla era tocarla ya, hablar de ella, ofender a aquel marido gurrumino que apareció después por el depósito para reconocerla.

"A la mujer ya la conocían de verla cruzar cada mañana. La veían pasar temprano, con su bolsa de hule, con las batas y zapatillas dentro y el pedazo de goma para aguantar tanto tiempo de rodillas. El marido trabajaba de noche y sólo los domingos se juntaban. Se llevaban media garrafa de vino al piso y no abrían la puerta hasta el día siguiente.

—¿No tenían chavales?

—Nada ni nadie; ni siquiera sobrinos.

—¿Qué? ¿Nos volvemos ya?

—Espera un poco, van a decir que nos cansamos pronto.

El cristal opaco, vertical, se iba alzando, disolviéndose en su base, en la parte inferior que rozaba el agua. Arriba el disco errante del sol luchaba con las hilachas de las nubes, corría veloz acrecentando su luz o apagándola camino de lo gris, sobre los árboles. Venía por la proa, como un majestuoso artificio bamboleante, el monumento con la estatua del rey y su cortejo de columnas abiertas en dos grandes abanicos rematados por leones de piedra. Rugían las doradas cabezas a la niebla, al cielo que se abría en ralos huecos y por toda la explanada de piedra corrían las cortinas de luz que desde lo alto esparcían las nubes.

—Buenas tardes al sol se tiraba uno ahí.

—No me voy a acordar; como del hambre.

El sol quema, parece que hace crepitar la piedra, detiene el paso del cortejo que sube en acción de gracias hacia el sitial de la figura desnuda que representa a la Nación, la Humanidad, tal vez al Comercio o la Cultura. El sol resbala sobre lomos, piernas y rabos impasibles, sobre el vientre y los brazos y la cola de pez, sobre las cuatro mujeres que miran al mar siempre, que levantan, hacia él, sus pechos y sus brazos. Figuras amigas, de las tardes al sol, sobre el banco de piedra que corre a lo largo de aquel doble abanico de columnas, leones surgiendo sobre el agua, sirenas desperezándose al sol también, con aquellos cuerpazos invictos, inmutables y su cola de tiburón batiendo el agua cenagosa, tan calma, del verano.

—¿Cuánto hace de eso?

—No sé seguro. Yo creo que ya va para treinta años. Lo que duró la guerra, ya se sabe.

—Tú, no. Tú viniste cuando los nacionales apretaron. Fue entonces cuando pusieron la batería aquí.

—No; más allá, al otro lado de los álamos.

No era mucho trabajo. Responder con una o dos andanadas, cada vez que disparaban desde el río. No había para más y el cañón se calentaba demasiado. Mientras tanto y a la escucha del teléfono, alguna que otra siesta, salir a la ciudad que seguía su vida incierta más allá de las verjas, ajena a ellos, a aquel cañón que de tan viejo llamaban el "abuelo". Largos viajes, horas sonámbulas en el Metro hasta ver la luz del sol, en busca de parientes a los que era preciso socorrer con raciones, animar con noticias de la guerra, todos venidos, unos y otros, artilleros y refugiados, de aquellas lomas cárdenas, de aquellos cerros negros que asomaban a la salida de la ciudad, pocos kilómetros al norte de su historiada puerta.

Y siempre, a la caída de la tarde, tal como ahora, su cigarro de hojas cuando el de ración faltaba, el uno frente al otro, en la explanada elíptica de piedra, y la pregunta:

—¿Tú qué piensas hacer?

—¿Cuándo?

—Cuando esto acabe.

—Y eso, ¿cuándo va a ser? ¿Lo sabes tú?

—Algún día tendrá que ser.

—Entonces ya veremos. Hasta ese día es mejor no andar haciendo cálculos, no andarse con historias. Yo sé de uno que por poco le ponen a la sombra.

—Pero puede pensarse, ¿no?, ¿quién va a oírnos aquí?

—Amigo, en una guerra, nunca se sabe. Lo mismo nos cae un obús encima, sin darnos tiempo ni siquiera a pensarlo.

—¿A nosotros? ¿Quién se acuerda de nosotros, si ni siquiera trabajamos? — Callaba por un instante y, tras lanzar una mirada en torno, más allá de los tejados rotos del invernadero, añadía —: A mí bien que me hacía quedarme a trabajar en esto.

—¿En esto?, ¿en qué?

—En esto del jardín. Mal que bien es lo que hice hasta ahora. Para esto de sembrar sin recoger, podar, limpiar y echar mantillo, sirvo yo tan bien como cualquiera.

—Buen oficio para llegar a viejo. Lo malo es que no lo veo muy a mano.

—Y ¿por qué?

—Porque eso y más será para quien gane esta guerra, y en esa lista nosotros no entramos.

Los ojos del calafate apenas se distinguen en la racha de sol que se abre paso y bate la explanada. Las columnas devuelven el resplandor que da a la barca un tono parecido al de la piedra haciendo surgir nuevos surcos en el rostro, afeitado a medias.

El calafate tiene una gran mandíbula de lobo, que apoya sobre el puño mientras chupa el cigarro, de-

198

jando de remar por un instante. El otro toma entonces en sus manos más suaves y pequeñas los dos cilindros de pino que nacen en el agua y empujándolos suavemente hace bogar a la lancha, paralela a la orilla, dejando atrás el monumento del caballo.

Del lejano altavoz, a través de la niebla que de nuevo llega a tocar el agua, viene la voz del embarcadero:

—Eh, vosotros. ¿Estáis ahí? ¿Qué hacéis?

—De viaje — responde el calafate, sin alzar la suya, como si el altavoz estuviese a su lado.

—¿Volvéis ya? ¿Por dónde andáis?

—Tranquilo; no te preocupes tanto.

—Vamos ya, que os estamos esperando.

La voz, a la que la niebla presta ahora aún mayor resonancia, se pierde luego en palabras que no se entienden, en murmullos que son conversaciones allá en el embarcadero. La voz investiga, pregunta de nuevo, recorre los secretos, infinitos caminos sobre el agua, buscando con sus dedos blancos y vibrantes el casco inmaculado, el perfil oscuro del mozo y el calafate, ambos con su punto de luz a la altura de los labios.

Vuelve el cielo a ser gris sobre el agua; cae la mañana como plomo sobre el parque.

—Hala, vámonos ya.

—No; tomemos antes un vaso.

—¿Dónde?

—En el bar. Vamos hasta el quiosco.

—¡Qué bar, si no se ve a dos pasos!

—No hay pérdida, tú tira por derecho.

—Va a estar cerrado ahora.

—Abre ahora mismo, lo mismo que la niebla. Tú rema por derecho, ya verás si llegamos. Si está cerrado, nos volvemos y en paz.

El mozo de las fieras empuja, aleja de su pecho los puños donde van los remos, empuja con cuidado la blanca lámina a sus pies sobre el agua cárdena, manchada de residuos que la corriente pega a las orillas, abre en ellos un surco tan dulce y suave como sus formas.

Ahora, más allá de los sauces, cruzan otros soldados, siluetas espaciadas a caballo, seguidas de hombres a pie, vestidos de colores. Largos trenes de mulas polvorientas arrastran carros, armones, piezas, residuos de otra guerra lejana y muerta. En la explanada de arena que el sol castiga en verano más que el resto del parque, se ha levantado una ciudad con sus calles y muros de telas y arpilleras que forman rombos, prismas, pirámides en hileras regulares. En los muros que aún restan del antiguo palacio se enfilan los cañones mirando hacia la villa, se alzan banderas a toque de corneta, brillan al sol charreteras y sables, suenan las espuelas, los cascos inquietos de los correos que parten o vuelven del otro alcázar, tras recorrer las calles silenciosas y hostiles, más allá de la verja. Atrás quedaron torvos desfiladeros, cosechas convertidas en fuego, olivares sin brazos, como tantos soldados que van marcando inmóviles el paso de acémilas y carros. A veces es preciso detenerse para enterrarlos, para hacer fuego contra ventanas y postigos, para dar tierra a cabezas, piernas, testículos esparcidos en los bosques donde la retaguardia recibe invisibles ataques que la diezman.

—¡Eh, vosotros! ¿Se puede saber qué hacéis ahora?

Y la voz, a pesar de retumbar, de llenar todo el marco del estanque, mantiene aún su tono confidencial, el mismo del calafate cuando responde: "Nada, tranquilo, estamos de tertulia".

El altavoz parece oírle porque calla. La lancha, en tanto, se aproxima muy lentamente a la cabaña de troncos donde se halla instalado el bar, tras un par de postigos abatibles, rodeada de las eternas sillas de colores. Las sillas que antes fueron de paja ahora son de plástico también, explica el de las fieras, y las pajas para sorber las bebidas y las cucharillas y manteles. Puede que venga a tener razón el que trajo las barcas. Mientras, allá en lo alto de la cabaña, bajo la muestra roja, va haciéndose más clara la ventana rectangular del mostrador abierto. Los dos saltan, uno tras otro, sobre

el césped, cuidando de dejar la lancha en seco,
aunque allí no hay marea que la arrastre.

—¿No te decía yo? Ahí tienes.

—Buena gana de abrir tan pronto. Hoy no vienen
aquí ni las parejas. Y menos a esta hora.

Y el del bar les mira, les ve surgir, pisando el
césped, saltando el alambre de la cerca, sorteando
el laberinto de las sillas hasta llegar al ventanillo.

—Buena mañana — le gritan al llegar.

—Sí; no está mal — responde sin ningún entusiasmo.

Va llenando los vasos sin otro comentario y luego
se dedica a dar presión a la máquina del café,
como si la explanada ante el mostrador se hallara
al completo.

El clarete, un poco ácido, tan falso por lo menos
como las lanchas nuevas, baja, horada, llega al estómago como la mano helada de la niebla. Da miedo pedir otro, pero, a fin de cuentas, uno solo no
justifica este viaje tan largo. Además, una segunda
mano hace el juego a la otra, la acomoda mejor
dentro del cuerpo, la vuelve más amiga, más tibia.
La tercera, tal vez por la edad, quizás por el estómago vacío, empieza a vacilar en la cabeza; es el
momento de ayudarla con la cuarta que haga salir
el sol, y abra las puertas del jardín definitivamente, empujando la niebla más allá de las verjas.

Cuando a veces vacían el estanque, y esto suele

suceder en verano o en caso de sequía, o también por limpieza, aunque esto es menos frecuente, sale a la luz su piel costrosa, ese raro planeta con montes como la luna y arbustos como el mar, todo grietas y costurones quebrados, salvo junto a la reja de desagüe, donde siempre queda una dársena de cieno que los dientes deformes y oxidados no pudieron llegar a absorber, no por falta de ganas, sino por los residuos de tormentas, lluvias, despojos de la barca de los niños, algas muertas y algún que otro pájaro, ya sólo una pelota de plumas y diminutos huesos.

Cuando se saca el agua, todos se acercan en busca de su tesoro particular revisando aquel légamo cuyo olor llega, sobre todo en verano, hasta los pisos altos de las casas vecinas. Allá abajo, enterrados a medias en el cieno, se encuentran peines, gafas, cascos de botellas, algún reloj, patéticos zapatos y, sobre todo: anillos. El calafate se preguntaba siempre, por qué cada vez que el estanque se limpiaba, aparecían en él tantas sortijas. Pero aún más que sortijas, alianzas.

—Serán de los que vienen a pasar por solteros — responde el de las fieras.

—¿Y no pueden quitárselas antes?

—¿Y quién sabe cuándo viene la ocasión? O puede que al remar se les caigan. Sobre todo si no las llevan muy justas. Mira la mía — le apuntaba con el dedo reseco —. La mía con que la mueva así, se pierde también, aunque maldito para lo que sirve.

Allí, en el esquinazo donde se acaba el césped que rodea el bar y empieza la barandilla del paseo, han arrimado su tanque los bomberos. Lo están llenando con el latir pausado del motor que desde su interior, rojo y dorado, bebe con palpitar rotundo las aguas oscuras ya cercanas al limo del fondo. De cuando en cuando es preciso alzar la manguera lo mismo que hace el mozo con el elefante, mover unos metros el coche y buscar lugares más profundos donde el fondo no muestre ya su caparazón. Entonces, cuando el motor descansa, los curiosos se acercan a la bomba, vibrante toda en sus focos dorados, en su campana bruñida de tan limpia. Hay un grupo de muchachas que charlan con el chófer, que se ríen intentando llamar su atención, que se alejan aparentando un falso miedo cuando el motor se acelera de nuevo.

—¡Jesús, qué susto!

—Se avisa. ¡Vaya chisme más necio!

Allí está la que calla, la que se ríe con los labios apretados, bien amarrada al brazo de las otras, avanzando y echándose hacia atrás, a medida que los mirones van y vienen, osados y aprensivos:

—Pero ¿qué andan buscando ahí?

—Percebes...

—Un muerto, ¿verdad que sí, señor?

—Están sacando el agua.

—Eso ya lo vemos nosotras.

Cuando el camión se aleja, tan brillante y glorioso en su exterior, tan cansado en sus fuelles por dentro, bamboleándose al compás de su carga, las tres muchachas se han quedado calladas, apoyadas en la barandilla, buscando en el fondo del cieno la ocasión para una nueva ráfaga de risas.

—¿Qué miráis? ¿Se os perdió algo ahí?

Le han mirado calculando, en una rápida ojeada, quién puede ser, cuánto puede ganar, de qué pueblo será; todo eso que se confirma luego de palabra, en los primeros meses del noviazgo. Allí estaba mirando, entre las otras dos, toda la tarde, el anillo que les mostraba, rescatado minutos antes del cieno. Ella tampoco quería creerlo, ni siquiera cuando al cabo del tiempo lo aceptó, ni aún ahora, a la noche, cuando se lo quita porque el sueño no llega si no tiene las manos despejadas. Allí está, con su media sonrisa, aquel día que — según le parece recordar —, debió de ser ya entrado junio, a los pocos años de trabajar en el parque, no en el parterre, como él quería, sino al cuidado de las barcas.

El bar, el césped, los caminos entre las butacas de colores se animan de pronto. Una legión de sombras vaga bajo los árboles, pide café por señas, retrata, se sienta, se resiente del frío, miran hacia la niebla, encienden cigarrillos, van y vienen hacia la penumbra del autobús que les trajo.

—Nunca en mi vida vi tantos chinos juntos.

—Ni juntos, ni por libre; son japoneses.

—¿Y en qué se les distingue?

—En que los chinos no salen de su casa ahora. Los japoneses sí, con esto de las radios y las máquinas.

—Y, además, éstos también palmaron en la guerra.

—Pero les va mejor.

—Eso sí, ya lo creo que se nota.

Antes venían los chinos con aquello de los collares y las perlas y alguno haciendo fotos también en la entrada principal con aquella máquina de madera, abuela de estas otras, sobre su caballete de brazo abatible en el que se pegaban los retratos para sacar las copias. Era un chino que venían a ver los niños en busca de algo raro, exótico, compartido con la casa del mandarín, cerrada siempre, donde, a fuerza de mirar como contra las nubes de agosto, se acababan por ver vistosos cortejos como las formas blancas que volaban arriba.

Éstos, en cambio, eran mucho más jóvenes que aquel de la sonrisa y la calva total, con su breve cortina canosa cayendo en torno del cráneo como flecos, se movían más, charlaban más, sufrían más el frío, en tanto disparaban sus negras máquinas de ojo azul cargadas de accesorios como racimos, retratando el estanque invisible, las siluetas imprecisas de los otros, incluso al dueño del bar que, impasible, miraba a la máquina, no se sabía si con desdén, sin verla, o dispuesto a figurar en alguno de aquellos álbumes remotos, donde a la vuelta iría a sedimentarse todo el trabajo de aquellas sombras laboriosas, inquietas.

El autobús dio un toque que retumbó en el agua y devolvió la niebla en un eco profundo, de bóveda. Todos, chicos y chicas, imposibles de diferenciar en su atuendo, uniformes de chaquetón y pantalones, fueron pagando, enfundando sus armas para, al fin, alejarse del quiosco, confundidos entre los contornos de los árboles. A poco, la mole rectangular del coche, rojo como aquel otro tanque de bomberos, se deslizaba entre los bojes, se perdía, dejando tras de sí un olor a aceite pesado.

De nuevo llegaba, retumbando sobre las aguas, la voz del embarcadero y otra vez le contestaba el viejo, hablando para sí y para el mozo, incluso para el del bar, que apenas escuchaba, mirando más allá de la terraza las sombras cuarteadas de los pinos.

Llegaban, bajo las copas negras, el viejo jardinero mayor, discutiendo con el veterinario, que se quejaba, como siempre, de falta de cuidados para los animales, falta de higiene, ignorancia y pocas ganas de trabajar por parte de todos.

—De todo acabamos teniendo la culpa nosotros —gruñía al escucharle el mozo —. Si al águila se le rompen las uñas porque el suelo de la jaula es de cemento, la culpa es nuestra; si un buey de esos altos, africanos, se nos marcha en tres días con un cólico, nuestra también; si la cría del hipopótamo va y se muere al nacer, también fuimos nosotros, también hay que cargarlo al que le cuida. ¿Cómo vamos a saber que esos bichos nacen, salen de la madre, nadando entre dos aguas? ¿A quién se le va a ocurrir cosa parecida? De saberlo, no se vacía el estanque que tienen, la piscina. Pero si quien debería decirlo, no suelta prenda, ¿qué vamos a saber nosotros?

—A lo mejor él tampoco lo sabe.

—Entonces ¿para qué está? ¿Para qué lo tienen ahí? Menos mal que ahora dicen que se los llevan todos.

—¿Todos los animales?

—Sin dejar uno.

—Pues lo van a agradecer los del barrio.

Ya están las jaulas listas. Ya hace tiempo que murió el jardinero mayor. Su cargo ha quedado vacante indefinidamente y desempeña sus funciones, hasta el traslado definitivo, uno de los jardineros más jóvenes, que ha ido a ocupar el despacho de los gatos. Ya se hallan alineadas las jaulas de madera donde los lobos, zorros y linces apenas pueden girar sobre sí, torcer el cuello, asomar su hocico puntiagudo entre los toscos barrotes pulidos apenas. El oso blanco, el que mató de un zarpazo a un mozo que limpiaba las losas de su suelo, tantas veces medidas por el ir y venir de sus pasos, tiene su caja aparte, de barrotes de acero, tras de los que aparece encogido, medroso, intentando sostener su mole amarilla y sucia, en tanto lo suben al camión vecino de los que aguardan al hipopótamo colosal y la jirafa. Los leones también van en jaula especial porque uno de ellos arrancó el brazo de un cuidador, años atrás, y el que dirige la expedición teme que no haya olvidado aún el gusto de la sangre. La jirafa, desde su mirador, otea el recinto que abandona para siempre, las siluetas de sus compañeros que apenas conoce, las copas de los tejos, más allá de las tapias.

Los camellos, el elefante, los caballos van por su paso menudo o pesado, medrosos, sonámbulos, admirados por ojos soñolientos también que desde las aceras se adelantan o rezagan para mirarles. Al otro lado de las tapias rojas, coronadas por extraños leones de cabeza deforme y pequeña, hay un silencio ahora, que sólo estalla a ratos, en el revuelo intermitente de las palomas. Ahora, con la puerta inmóvil para siempre, los carteles de latón que imitan pergaminos viejos, se adelantan, destacan de los muros en la acera desierta, como haciendo más patético su anuncio. "Novedades del Zoo"; el espacio vacío, sin rellenar, viene a decir que la última novedad es el cierre definitivo, la muerte de la casa. "Se ruega al público no molestar a los animales que están aquí para su instrucción"; parece una advertencia redactada por el rey fundador, el mismo que transformó la villa hace casi doscientos años.

Las jaulas desiertas, los estanques vacíos recuerdan aquel día, muchos años después, en que murieron de hambre incluso los chacales. Ya desde que empezó a faltar la carne en la ciudad, los lobos y los zorros asolaban el parque con sus quejas.

—Para esto, mejor matarlos. Por lo menos no habría que aguantarlos cada noche.

—Dicen que viene comida de Valencia.

—Vendrá para nosotros. De ellos ¿quién va a acordarse?

Los dos amigos, por entonces tan sólo compañeros, fumaban como siempre su cigarro antes de comenzar la guardia de la noche. El cañón, bajo su red tupida de pinocha, parecía más viejo aún, sin el brillo de la luna haciéndole surgir de entre los sacos, alzando su morro, como sus compañeros, al otro lado de las tapias, aullando su hambre al cielo.

—Pero ¿por qué no los matan ya de una vez?

—No les dieron permiso. Querían, pero no les dejaron.

—Estarán esperando a que se mueran.

Y los aullidos, día y noche, de noche sobre todo, traían hasta el pequeño puesto un silencio nervioso, peor que el de los bombardeos.

—Yo creo que con matar a la mitad bastaba. Se les daba de comer a los demás una semana, por lo menos.

—Hombre, eso estaría mal; comerse así, como quien dice, entre vecinos.

Mas los lamentos crecían cada noche y eran como la propia voz: aumentaban no el miedo sino el hambre, como si surgieran de allí, de aquellas tiendas tanto tiempo sin limpiar ni barrer, de aquella cocina miserable, tanto tiempo vacía. Todos mataban las blandas y absurdas horas de las guardias intentando reconocer, bajo la luna inmensa del verano, el trueno subterráneo de los grandes felinos, la voz ronca, desesperada, de los alces. A ratos se alzaban cantos desconocidos, satisfechos, de pájaros cuya cosecha estaba más allá de las verjas del parque, quién sabe si tierra adentro, más allá de las líneas del frente, en sembrados y campos enemigos. Eran cánticos, susurros, gritos aislados que no traían ecos de guerra sino signos de abundancia, de buches repletos contra los que daba ganas de disparar a pesar de la noche y la ordenanza. Tal sucedió una madrugada con uno de los veteranos, a pesar del tiempo que llevaba en el puesto. Se salvó del batallón disciplinario porque juró que había visto avanzar una sombra entre los árboles.

—Le tiré porque me estaba jodiendo con el cántico aquél — confesaba a los compañeros luego —. Nosotros aquí abajo, aguantando, y ésos arriba, como si todo este belén no fuera con ellos.

Al cabo de dos semanas le mandaron a casa.

—Entonces fue cuando viniste tú.

—No, hombre, no. Mi compañía ya había hecho el relevo para entonces. De eso me acuerdo yo. Pero no le mandaron a casa, le metieron en un sanatorio, le internaron.

La niebla, al calor de las doce, luchaba por alzarse. El veterinario, junto al bar, al calor de las copas, se mostraba, a su vez, más amigo y razonable aunque insistía en que para el traslado de los animales debió de usarse tranquilizantes.

—En todo el mundo se les transporta así. Se les ahorra sufrimientos y al personal mucho trabajo inútil. Además, puede que alguno no se adapte bien, téngalo en cuenta; que se les lleve a un lugar mejor no quiere decir, forzosamente, que se encuentre más a gusto.

Y el nuevo jardinero mayor asiente sin escuchar apenas las razones del veterinario que ahora es viejo, tan viejo como su chaqueta de corte antiguo, su pelo venerable y ese lazo maltrecho, a punto de cerrarse para siempre sobre el cuello tan alto de la camisa. Sus manos tiemblan, quizás por la pasión con que habla de sus queridos animales, de aquellos dos jaguares muertos en una noche de refriega, de espeso herirse, rugir y lamentarse sin que nadie, antes de ello, pensara en separarlos. Sus ojos casi se cierran al apurar el vaso hasta que el vino le golpea en el estómago, pero se abren de pronto, rompiendo su costura invisible cuando llega, resbalando sobre el agua lívida, la voz del encargado de las barcas:

—¡Paco, Martín! ¿Queréis venir ya, leche?

Los cuatro se vuelven hacia la niebla, como echándole en cara sus palabras. El jardinero paga y se lleva consigo al veterinario que continúa sin comprender aquella voz improcedente cuyo rastro persigue volviendo una y otra vez hacia el agua la cabeza. Los otros dos, tras el "ya vamos" sumiso y confidencial, pagan, se despiden y suben a la lancha ante la cual la niebla se va alzando aprisa, antes de que la proa llegue a alcanzarla. Arriba, sobre las copas de los sauces que ya asoman, aparece de nuevo el rey contemplando, supervisando se diría, el expolio de las fieras de aquel corral fundado, edificado, dirigido por otro rey arquitecto, bienhechor y factótum de la villa. Por entonces era el

primer zoo del mundo, repleto de animales de la
otra orilla del océano, además de la fauna del país
y los pájaros de la gran jaula que ya antes existía. Era el primer zoo de Europa y ahora es tan
sólo un corral de jaulones vacíos que pronto darán paso a otro jardín poblado de estatuas, bojes
y alisios.

La niebla cede también, se retira a su vez, como
los animales o las lanchas viejas, barre consigo,
salva del sol todo aquello que los dos viejos arrastran en su barca: el marido de la ahogada de la
sala de fiestas, sentado siempre junto al estanque,
dejando pasar las horas, esperando esa muerte que
nunca llega a pesar del mal augurio del dispensa-
rio, a pesar de esos deseos que no se atreve a con-
cretar en la cabeza. Lleva consigo, barre, empuja
ante sí a aquellos dos soldados de las horas de sol
sobre la piedra ardiente del barroco monumento
dorado, el cadáver sucio de sangre aún, de aquel
mozo tan joven, deshecho por el oso, y la mujer
flotante, tan ligera que parece volar a ras del agua,
sin apenas tocarla con su piel amarilla y tersa.

Se lleva el silencio hostil de aquel dueño del bar,
ahora modernizado por los hijos, ampliado con
permiso del ayuntamiento, el tiempo de sequía
con su costura pastosa asomando el lomo sobre el
agua, las fiestas allí mismo en el palacio alzado
con tablas y papel para una sola noche. Ahora el

214

sol pega fuerte, resarciéndose de las horas perdidas. En un instante todo el velo se disipa, se disuelve en un día tan claro que la luz hace daño a los dos hombres que, poco a poco, van remando camino del retiro.

—A ti, ¿cuánto te queda?

—Yo cumplí hace seis años.

—A mí me queda el noventa por ciento. No me puedo quejar.

—Lo mismo a mí. Mientras aguante en casa de mi chico...

El calafate se inclina, hace girar en el aire, arrastra hacia sí con ímpetu los remos. Él no es viejo viene a decir, él seguirá echando una mano, si no allí, por culpa de las lanchas nuevas que le empujan fuera, en el taller del chico, allá en los bajos de la casa, donde viene cada semana una gran furgoneta a llevarse juegos interminables de muebles castellanos.

Va remando, probándose a sí mismo, huyendo del cañón cubierto de pinaza, del aullido de los zorros hambrientos, de ese rumor cercano que llega de lo alto y acabará estrellándose en los muros de las casas cercanas. Allá en la orilla, el marido de la mujer de la sala de fiestas espera a su vez que el corazón estalle, pero ahora apenas bebe y, sin saberlo, prolonga sus días junto al agua, en el banco que no se atreve a disputarle a las parejas. Viene otro de esos zumbidos por el aire, uno de esos rumores que acabará abriendo de par en par las ventanas, arrasando cornisas y cristales, salpicando de esquirlas las fachadas. Éste viene más cerca, más por derecho; se diría que busca, a través de los árboles, a los dos que se afanan tras los sacos terreros. Bien; ahí llega. Tarda tanto que parece que se fija como el sol, en lo alto. ¿Por dónde cruzará? ¿Por dónde llega? El ruido aumenta, se avecina, les busca, acosa, tarda aún, en tanto los dos hombres huyen, reman aprisa, hasta que la fatiga es ya un dolor que impide casi doblar los brazos.

—¿Qué tal si nos hubiera acertado aquél?

Es preciso seguir remando, ahora con el sol alto que vuelve tan nítidas las cosas. Hay que volver camino del altavoz que ahora habla para otras lanchas, tan nuevas como aquélla, que ya navegan, se abordan, cruzan, por cualquier rumbo, la suave marejada del estanque. Ahora, a las doce, con el sol encima, el agua aparece poblada de formas de colores que va apartando el claxon de la lancha mayor, llena, a su vez, de rostros inmóviles. El estanque aparace a tope de gente joven entre los que alguna pareja, madura ya, intenta abrirse paso en busca del rincón de los sauces. Se oyen gritos, risas y música que llega del embarcadero. Abajo, en su caseta, el encargado hace números. Fue buena idea aquélla de traer las lanchas nuevas. Desde que se pusieron en servicio, van camino de amortizarse mucho antes que las otras, mucho antes del plazo previsto. Tenía mucha razón el tipo que las trajo.

9

Y una vez llegada su hora postrera se dispuso S. M. a morir despidiéndose de cuantos con él se hallaban, familiares, servidores y súbditos. Hasta su lecho de muerte le persiguieron aún las demandas de nobles y bastardos que fue preciso apartar de allí, a fin de que pudiera fallecer en paz, a solas, teniendo ante sí el crucifijo, testigo de la agonía de su padre y abuelo.

Apenas muerto, el capitán de la guardia real ordenó a sus hombres: "Compañeros, vuestro deber es subir la escalera y velar por el nuevo rey".

"Y el rey muerto fue llevado al salón decorado con la tapicería de la conquista de Túnez y se puso su cadáver en una ostentosa cama, vestido de chamelote a musgo de puntas de plata y sombrero blanco, alumbrándole doce blandones, cuatro a las esquinas de la cama y los ochos restantes repartidos por el salón guardado por los Monteros de Espinosa. Al abrirse las puertas ya esperaba mucho pueblo, pero al aviso de que estaban abiertas fue cargando con tal furia que rompió las guardias. Y a este tiempo se veían cruzar por las calles de la corte, todas las Religiones Sagradas que hay en ella. Fueron entrando en palacio con mucha solemnidad, diciendo muchas misas y saliendo para dar lugar a las que tras ellas venían, aunque en el primer día, no hubo para todas. No fue menor el concurso de la tarde, sino mayor, y así resultaron de él algunos heridos, por no poder menos los soldados de la guardia.

"Y es muy digno de ponderar que en toda la cámara de Su Majestad sólo el marqués de Aytona y dos o tres criados lloraron la muerte de su rey y señor difunto y en todo lo restante de la corte no hubo persona que derramase una lágrima."

El palacio para él alzado vio borrarse, poco a poco, el dorado de sus muros, la cuadrícula de sus artesonados por donde el agua se fue filtrando, apagando las luces, el temple de las bóvedas. Nadie volvió a cruzar la puerta del gran salón de reinos despojado, a su vez, de alfombras y tapices, cuadros, muebles y luces, hasta dejarlo vacío, desnudo, con los ciegos balcones abiertos de par en par al horizonte.

Un olor a humedad, a lugar sin sol, a invernadero, fue invadiendo los pasillos y rincones, y el bosque volvió a asomar por las fisuras del suelo, a través de las baldosas rotas.

Comenzó el golpear de las ventanas desarboladas por el viento, el solemne derrumbarse de los cristales, la derrota de vigas y crujías. El piso principal cedió y con él fueron al sótano los bronces, hierros y mármoles que el sol y el agua hasta entonces respetaron. De noche, brillaban bajo la luna las maderas hinchadas por la lluvia, hermanas ya de los álamos vecinos entre los que el caballo del difunto rey parecía galopar camino de remotos cazaderos. Sólo la verja en torno se mantenía intacta, guardando su tesoro de dorados escombros, de salones vacíos, de recuerdos solemnes. Sólo la verja intacta y su retén de guardia celando su tesoro a sus espaldas.

Así, el palacio se consumió desde el tejado a las bodegas, hasta quedar tan sólo en alto sus muros y paredes maestras recortados, como a capricho, contra el cielo.

Aquel rey no volvió, ni por allí llegaron otros reyes. La ciudad fue creciendo más allá de la verja o, por mejor decirlo, entre el río y la verja, rebasando a los dos, aun a costa de enconadas refriegas de ministros y alcaldes. Los caminos del parque perdieron aquel color bravo y lozano, su respeto a los setos y las fuentes, su rigurosa simetría, y un jardín nuevo, espeso municipal, sin formas, acabó por borrar el anterior del que ni siquiera las ruinas se salvaron.

Allí, en aquel rincón, o mejor pasillo de los bancos de madera, bajo los pinos no muy altos, que cubren pero dejan ver, se está bien, se tiene una sensación de seguridad que, pensándolo bien, serenamente, no viene al caso, pero que hace estar más tranquilo, que viene bien, como si dijéramos, al cuerpo. Nadie va a venir a buscarle hasta allí. Todo lo más a casa y eso a otra hora, a esa hora que él conoce tan bien, la de siempre: un poco antes de que empiece a amanecer, cuando es de noche todavía.

Desde allí puede esperar la hora de la cena, acercarse a casa a preguntar si alguien le llamó por teléfono y acabar en la de César, que le presta los apuntes de Química para matar el día y una cama de noche para dormir seguro.

También es ésa una seguridad relativa, pero en la suya le encontrarían antes, sería el primer lugar donde irían a buscarle y en cambio, al menos la dirección de César todavía no la conocen. Ahora, por estos meses, no hay problema de frío y el parque lo cierran tarde, a las ocho y media, con lo que puede apurar la hora sin tener que hacer tiempo paseando, para acabar rendido de tanto nave-

221

gar contra corriente, sorteando niños, parejas, mirones de escaparates, siempre los mismos.

Allí, en ese rincón, se suele estar bastante bien al sol. Se está cerca de casa y no es fácil que vayan a buscarle. Se alcanza pronto nada más desayunar. Sólo cruzar la calle, sortear algún tranvía solitario, dejar a un lado el gran cartel con Lenin y los otros, a todo color, y meterse, camino de los árboles, por donde sólo pasa, resoplando, algún madrugador apresurado. Es mejor que meterse en un cine de sesión continua, de esos que también empiezan muy de mañana. Hay algunos que lo prefieren, pero aparte del gasto, aunque no sea mucho, sucede a veces que de pronto encienden las luces y es posible encontrarse a algún amigo o que alguien te conozca, te siga y te denuncie. Todo puede pasar. A alguno le sucedió por culpa de las bombas. Encendieron las luces de pronto y allí se acabó todo, tanto cuidado, tanto cambiar de casa, de nombre, de carnet, de ropa.

El parque está vacío ahora, un poco por las circunstancias y un poco por el frío de siempre en esta época. Es preciso moverse a ratos, caminar un poco para que el mal café con sabor a achicoria, recién bebido, baje y riegue el estómago, haga en-

222

trar en reacción las manos y las piernas. La radio apenas anunció nada en la noche anterior, tan sólo un par de noticias anodinas del frente; se ve que ahora, en estos días de tanta nieve en la sierra, nadie quiere moverse por aquellos caminos helados a pesar de las prisas ajenas. Sería trágico que fueran a encontrarle ahora que, según dicen, la guerra está a punto de terminar, ahora que la ciudad se rinde y volverán, aunque parezca mentira, los tiempos de antes, es decir: los buenos tiempos.

Pero es preciso no impacientarse, mantener una propia y rígida disciplina, tan importante como una buena autocrítica. Fijar la atención en las líneas de esos apuntes que tiene en sus manos, imponerse la obligación de concluir un par de temas antes de acercarse al quiosco de todas las tardes a tomar ese blanco, o, si hace frío, ese café que alivia y sube un poco el ánimo. Formular ecuaciones, luchar con ellas aunque la mirada vuele más allá de los árboles, aunque el viento levante los papeles tercamente. Palabras, más palabras, ecuaciones, tontas incógnitas. Si será capaz de terminar alguna vez la carrera, si de verdad la desea terminar, si en realidad piensa después dedicarse a ella, si aun suponiendo que esté decidido a ello, le darán la más mínima oportunidad, si será preciso, como tantos, dedicarse al final a otra cosa. Menos mal que ese final queda lejos todavía, irreal, vago, sin importarle tampoco demasiado. Ahora, de buena gana, se metería en un cine, dejaría pasar las imágenes y a ratos dormiría y a veces intentaría interesarse por esa historia, siempre la misma, que a lo lejos cuentan, vaga e inconcreta como su propia historia.

Llega ahora una brisa, un vientecillo, que lo mismo que la mano del destino o como el propio padre o como César, le empuja cada folio del montón que tiene entre sus manos, le hace pasar las fórmulas, las alza hasta sus ojos, las deposita otra vez, blandamente sobre sus piernas. También vienen a decir esas ráfagas que el tiempo huye, pasa, que los años se van acumulando sin pensarlo sobre ese abrigo ya pasado de moda que la madre recompone a cada invierno. También viene a recordarle alguna que otra chica conocida a la que de buena gana tendría allí a su lado para charlar con alguien, para discutir con alguien todavía, para besarse y enredarse en la sombra como hacen los demás, ahora que el sol desaparece chirriando, más allá de los castaños del estanque. Ahora el cielo pierde volumen, va quedándose plano, laminado, tan delgado en sus tonos como si sobre él pasara un rodillo de colores.

A esa hora en que las imágenes se apagan fuera y dentro, en que un vacío denso y opaco nos va entrando, devorando, tanteando el cuerpo, se encienden a su vez, por encima de las agudas aristas de la verja, unas cuantas ventanas parpadeantes al principio, las de neón, y amarillas, seguras en las tinieblas las otras, trazando formas, espacios en clave que se transforman y varían durante toda la noche. Sobre ellas, el cuadrado negro y profundo del cielo se hace ahora agresivo, hosco, violento a ratos; nos mira y desafía. Como papá nubla el rostro, pretende amedrentarnos; luego, con un gesto casi interior que revela su impotencia, se borra, se vuelve oscuro del todo, cierra un instante los ojos, cierra tras sí la puerta y se va escaleras abajo.

A veces, a esa hora, le sorprenden las ganas de volver. Es un deseo de acabar con esa larga espera, cruzar la calle, cruzar ante el portero, en quien nunca sabe si puede confiar, subir las escaleras en torno al ascensor eternamente inmóvil, llamar con los nudillos cerca del timbre que tampoco funciona y preguntar a la hermana, una vez más, si ha aparecido alguien, si le ha llamado alguien, si sabe alguna noticia, aunque no sea cierta, si Lorenzo ha recibido alguna carta a través de la Cruz Roja.

A veces siente esa misma ansiedad incluso a la mañana, tan larga si a la noche no consiguió conciliar el sueño. A veces es capaz de vencerla, contentarse con salir un rato del jardín, pasear unos instantes por la acera y contemplar desde allí los miradores como si desde arriba alguien: la criada, los hijos, la hermana, pudieran enviarle el mensaje que espera.

Calle abajo, cruza un tranvía de morro cuadrado y amarillo con su chisporroteo aburrido arriba y el compás de sus golpes metálicos como si fuera a descomponerse a su paso. Abajo, en la glorieta, chirría mucho más en torno a la gran mole de ladrillos que cubre la fuente monumental y la defiende de esas bombas que van marcando cada mañana las fachadas. Allá, junto a los miradores, hay un lunar enorme salpicado en torno de otras señales, desconchones, destrozos de metralla. Los canalones del tejado han estallado a su vez en una irregular corona de la que cuelgan hebras de latón, grises enredaderas de orín rojo brillante.

Y en tanto, a falta de solución mejor, intentar concentrarse en el libro que no recuerda si apareció por casa con el sello de una de esas sociedades culturales que tanto abundan en cada batallón, de la mano del hijo que consiguió ser nombrado miliciano de cultura. Quizás no, quizás lo enviara el hermano, porque el sello del batallón no aparece por mucho que lo busca; quizás es cosa del hermano, que sabe arreglárselas mucho mejor, que invierte cuanto dinero tiene en libros, por aquello de que el dinero no vale ya y valdrá mucho menos todavía, inundando con sus compras su casa y los pasillos y hasta las alcobas de parientes y amigos. El hermano, que se dejó crecer la barba y cuenta con un sinfín de carnets de distintos partidos, que le esconden tan poco como todo ese pelo convencional cubriéndole el mentón y las mejillas.

La reunión; no ir. Asamblea; no asistir; dedicarse a otra cosa: escribir, hacer cine, teatro, algún vacile que sirva para algo, para algo como romper, ganar dinero, hacer un viaje a un sitio lejos, un viaje al centro de la tierra. Largos, convergentes caminos, avenidas flanqueadas de cipreses negros, rumbo a esa villa que tiene un nombre ilustre, terriblemente largo. Caminos de asfalto gris cruzando aquellos prados de un verde eléctrico brillante, limpio, mojado, ante casas pintadas de amarillo con las contraventanas entornadas, verdes. Reunión, propaganda que traer, planes, proyectos prendidos con alfileres en el aire. Galerías, escaparates de librerías, de recuerdos, de confecciones, perfumes, joyas, cafés de alfombra, viejas sillas y sombreros blancos. También algún chaleco cruzado, de colores. Dos Camparis. Va cayendo la tarde, se debería decir. Cae la noche, se piensa. Cruzan dos guardias aparatosos, aquellos del plumero. Más planes, más palabras; las chicas que en la otra plaza, la del Pueblo, con mayúscula, así, subían a los coches sin preocuparse, ya por entonces, de enseñar la muslada, con un volteo alegre de las piernas. Ya por entonces. Ya ha llovido desde aquello hasta hoy. Aquellas elecciones, quizás municipales, desfiles, el discurso que anuncian los altavoces, los pocos que se detienen al pie de la tribuna y aquella larga procesión de antorchas, camiones con pancartas, el Mercedes del secretario del partido, ¿era, puede que fuera, el día del Trabajo?

Las grandes villas, las graciosas villas, los pequeños palacios en el centro del lago, iban quedando a un lado, más allá del cristal; cada punta, ensenada o bosque con puertas y ventanas mudos, entornados, con el ladrido de un perro saludando, diciendo adiós, ladrando al musgo de las tapias amarillo y negro. Cuántas villas, torres, corredores, terrazas, patios, más allá de la tela metálica de la autopista, a un lado y otro de la gran recta sobre la que van saltando los kilómetros, en tanto los demás relojes inclinan su aguja y permanecen estacionarios hasta el cartel que anuncia la salida.

No, no lo olvidará. No debe olvidar nada. Otro

Campari. Sabe bien y se puede tener despejada la cabeza. Más villas, arcos, ruinas, castillos, se supone que inmensamente ricos. Son monumentos, pertenecen al Estado, un Estado paternal propiedad al fin de esa sociedad espléndida contra la que luchamos.

Cuando las manecillas de los relojes azulados caen de nuevo, definitivamente en su lecho redondo, viene ese olor hediondo del agua de otoño y la ciudad te acomete, te rodea por los cuatro costados, desde cuatro ángulos a la vez. Sólo el cielo nublado, gris, te asegura que perteneces a este mundo, lejos de arcadas, galerías y mosaicos. He venido a ver mundo, a hacer amigos, a trabajar también. Se trabaja a ratos, de noche, hasta la madrugada o por la tarde. Los informes; ponencias y café y cigarros en homenaje a Castro. Les molestan, hacen toser, pero se callan seguramente también como homenaje. Les molesta el humo como la charla inútil y ciertas bromas aún fuera del trabajo.

Trabajo, trabajar ante todo, recoger manifiestos, entrar, salir, entrevistas con otros de tu edad o quién sabe por culpa de la barba, otros que van o vienen, duermen, se marchan sin que se sepa a dónde, cargados de folletos, mapas, manuales, con su saco y su zurrón oliva, ese color que tanto gusta, que todos usan casi como uniforme.

Cenar, beber un poco, hacer un poco el amor, casi por compromiso con aquella del acento sudamericano a la que todos respetaban tanto. Asunto que contar por fin a César. Folletos sobre táctica y granadas, y el Che mirando desde arriba, en la pared, con su aire tranquilo y burlón, desconfiando un poco de todos aquellos hijos, nietos, a sus pies, un poco altivos, desdeñosos, eternamente activos y en reposo, preparando, escuchando, tomando con calma la palabra.

Mientras, al otro lado del bulevar, los solemnes miradores de las casas nobles se vuelven aún más negros bajo el ruidoso espiral de las palomas. Largas, interminables hileras de cristales viejos, manchados como el agua y las aceras del fuel-oil mal quemado de las calefacciones.

El golpear repentino de la lluvia. Ese olor a cloaca. Ese gris donde rompe un relámpago. Dejarlo; dejar esto; buscarme algo que viva en uno, con sentido. Abandonar; tedio, egoísmo, se llama esto.

El tranvía pasaba otra vez, chirriando, avanzando a trompicones, girando en torno a la glorieta con su gran puerta en medio, tapada a medias por los rojos cartelones con la cabeza de Lenin bajo los arcos. La puerta con las huellas de metralla, no de esta guerra aún por terminar, de otra más vieja, cicatrizadas ya por la nieve y el viento de la sierra, doradas por ese mismo sol que luchaba por enfilar su resplandor debajo.

—¿Me da fuego? ¿Tiene una cerilla?

El otro se ha acercado de pronto, casi se viene encima, le hace titubear amedrentado. No sabe si darle ese fuego que pide mostrándole su cigarrillo sin forma entre los dedos. El hombre le mira a su vez, siente junto a las suyas, las manos torpes que luchan por sacar el viejo encendedor de plata haciéndole funcionar a duras penas.

De pronto, el miedo otra vez. ¿Por qué va a tener él más suerte que los otros? Además el hombre se ha vuelto a mirar antes de seguir su camino paralelo a la verja.

Ese miedo más sordo, más espeso que vuelve inevitablemente a la noche que hace salir, saltar de entre las sábanas y esperar largas horas junto al cristal, escuchando los escasos rumores que llegan de fuera. Viene el rumor que crece, toma calor, se amplía, sube hasta la ventana, rebasa, atraviesa el cristal, se funde con uno mismo, te estremece, te agita. Cada pequeño objeto crece desmesuradamente al paso, cada mueble, se vuelve enorme al tacto, al choque de esa mano que apunta, busca el cristal, que tienta, más allá, los de enfrente, las ventanas cerradas, tan hostiles, apagadas todas.

Casas, muros cerrados, quizás con los dueños en la otra zona, en embajadas, muertos, huidos, más allá del mar, en países seguros, confortables. La calle iluminada apenas, visible apenas, se adivina vacía, como siempre, a no ser por la mancha de la luna coronando tras de las nubes la mole negra y suave de los árboles.

—Emilio... ¿Qué haces ahí? ¿Estás levantado todavía?

—No tengo sueño —le ha vuelto a responder y mira luego otra vez a la calle—. Por más que hago, no consigo más que cerrar los ojos. Pero por dentro igual, lo mismo de despierto.

—Anda, échate; por lo menos descansas.

—Es peor; acabo con los huesos rotos.

Al cabo, es la mujer la que vuelve a la cama, siguiendo con cuidado su rumbo en las tinieblas, sin tropezar casi, hasta el susurro de las sábanas.

Intentaba pensar, matar el tiempo, arrastrarlo, empujarlo delante de su tiempo. Intentaba convencerse de que al día siguiente, la radio les traería la noticia. Deseaba pensar en un viaje suficientemente largo, de dos años, de diez, o mejor no pensarlo, no jugar, procurar mantenerse vivo, no perder la moral a toda costa. No pensar en la muerte, no dejarse ganar como tantos por ella, no hacerla suya, imagen suya, momento suyo, no verse allí, en el reflejo negro de la noche de enfrente.

232

A la mañana, bajo los pinos, se pueden ver los pájaros que ni siembran ni recogen pero que viven como siempre, a su aire, ajenos a cuanto llega de la sierra. A veces pasan volando bandadas de palomas cuando se oye el redoblar de los obuses, o nubes de gorriones cubriendo las vaguadas más allá de la verja. Agria melancolía, ira, deseos de romper aquel círculo de tedio y miedo con rabia, heroicamente si se pudiera, hacer mover en torno el compás de las sombras; miedo otra vez, tristeza, quizás por culpa de la mala comida, de las hierbas, quizás también porque el fin (¿qué fin?) parece cada vez más cerca.

Los días pasan y el desconcierto crece. A veces los troncos, los paseos, las estatuas parecen dispararse, venirse en contra, estrellarse contra el rostro, hacer pedazos las costillas, los huesos. Algo dentro parece a punto de romperse también, de abrirse camino hacia fuera, más allá de la piel, bullir, estremecerse, gritar hacia lo alto. Ahora cae el telón de vacaciones, ese final de trimestre que separa, que vuelve todo aquello vacío, con aire de ciudad-museo recién acabada de estrenar, aún en obras, muestrario arquitectónico, exposición de estilos diversos cargados de recuerdos y esperanzas, de carteles escri-

tos apresuradamente, tachados, reescritos y vueltos
a tachar, maraña negra de pulverizadoras y alquitrán. La náusea del coñac malo, de la ginebra arti-
ficial, va subiendo a punto de hacer vomitar igual
que las palabras: "Sí, no, acuerdo, votación, yo
opino, yo disiento, yo dimito".

No hay fondos, no hay dinero. Marchar otra vez
fuera. Aquel Antonio, Rogelio se llamaba; ligó un
viaje nada menos que a China, aunque eso, sí, desde
París, un año en que el trabajo iba fatal, unos meses en que no tuvo dónde caerse muerto. Se quedó
allí, ¿cuánto?, tres o cuatro, puede que más. Ellos
se lo arreglaron, aquellos que te van a buscar al
hotel y te pasean como si no fueras capaz de reconocer las calles, los monumentos y cafés que viste
en el cine mil veces. Rogelio, que después se quedó, que dio aquel largo y tremendo braguetazo. Le
costó humillarse, aguantar, aprender el idioma, tan
bien como lo debe de aprender un extranjero, le
costó cientos, miles de cafés, gauloises, tardes de
lluvia, cinemateca y aguantar aquellos vagos parientes desconfiados con razón que llegaban de provincias para lanzar una mirada desconcertada y cu-
riosa sobre el niño en su cesta, en un rincón de
aquel piso descolorido y frío, compartido con el
médico húngaro huido de su país cuando las pur-
gas. Tuvo suerte después cuando al final la familia
se ablandó en el doble sentido y se fue muriendo,

234

dejando rentas, casas, alhajas y alguna que otra
acción en bancos desconocidos de tan viejos, dejándoles también aquel piso enorme para ellos solos
nada más, en el barrio monumental húmedo y frío,
ante la plaza en penumbra siempre, convertida en
eterno aparcamiento, bajo un cielo tan bajo que
roza las farolas, que se deslíe y corre, alcantarillas
abajo, borrándose al compás solemne de la lluvia,
sin una pausa, un trueno, un mal golpe de viento,
un relámpago amigo, sólo el agua cayendo o mejor
deslizándose, bajando, sobre sí misma, sobre su
imagen turbia, transparente.

Desde el cristal donde se reflejan las siluetas de
unos pocos, contados automóviles, se miran con
cariño las macizas formas amarillas. Un poco más
allá, al otro lado, vecino a la glorieta cuyo arranque
se domina, está aquel banco, estará si es que al fin
no lo quitaron en una de esas crisis de moral, en
alguna de esas reformas que llenan los depósitos
municipales de bancos, fuentes, estatuas troceadas,
cabezas, pies, bustos intercambiables. Por allí debe
andar, allí deben reposar sus horas de tres años,
divididas también, capaces de intercambiarse también con estas otras más tranquilas de ahora.
Las horas son las mismas, sólo cambian las circuns-

tancias, así las de este niño cuyo bautizo ahora se celebra. Con esos tiempos tan duros que corren, de porvenir una segunda vez pendiente de otra guerra, nadie puede saber qué será de él, brindemos por él, a su salud, con este champancete que ha traído su tío y padrino, puede que adelantando su porvenir mediocre.

Brindemos por él y el tío, por los dos, vayamos con los demás al mirador donde hay mejor luz, para hacernos de una vez, esa bendita foto. En ella qué importa qué, cómo pudiste ser. En la foto que dice al dorso, con letra de mujer: "Tío Emilio y el niño". No hay que pedirte demasiado. No hay que pensar que fuiste un hombre de carácter, trabajador, emprendedor, sincero al menos.

Estás mirando a la máquina en el centro del grupo y tu mirada apenas llega, alcanza el objetivo. Tus ojos son dos óvalos blancos bajo la lámina aplastada, brillante de tu pelo. Estás mirando al parque, intentándolo al menos, estás ahí, con el parque vacío brillando en tus cristales donde aparezco yo también envuelto en la silueta oscura de tus brazos. Mi vida está ahí. Mi vida: esperar, fumar, canturrear, estremecerme al pensar en los días inútiles que pasan, al sentir esa niebla tan fría que fija a ras de tierra el manto blanquiazul de las hogueras. Luchar por decidirme. Marchar, quiero decir huir, reunir algún dinero, pedir prestado, vender algo que no tengo, conseguir cuatro o cinco billetes y llamar luego a Maty. Ella, siempre dispuesta, aunque al final llegue el tedio también si no se lleva, para aliviar las horas, un paquete de amistosos cigarros.

Es como de pequeño, el único peligro está en pasarse en una de aquellas borracheras de ansia tan sólo, no por gusto, sino por agotar hasta el fondo la botella.

—¿Qué tal? ¿Cómo va eso?

—Mejor. Ya me voy animando. ¿Y tú?

—Voy marchando también. Anda, pásamelo.

—Cuidado no te quemes.

A cada chupada la ventana, su claridad pastosa se alejaban un poco más. En cambio crecía el rumor del mar hasta meterse dentro, en la cabeza. Los sonidos iban tomando el perfil acerado de costumbre y cada vez resultaba más difícil extender el brazo para pasar hasta la otra cama el cigarrillo. Finalmente había decidido acabarlo y aspiraba el humo hasta abrasarse los pulmones. Mejor quedarse quieto. A cada movimiento, los músculos chirriaban, retumbando en el cuello. El mar se alzaba en crestas transparentes cuyo golpe final se unía al rumor de Maty intentando dar vuelta entre las sábanas. La arena, el toque opaco y quedo de la sangre, llegaban más acá de sus ojos cerrados, formaban allí sus nidos, sus bóvedas, sus ecos.

—¿Quitaste el disco?

—Se quitó solo, se acabó.

—Ponlo otra vez.

—Déjalo.

—Anda, ponlo, me levanta los ánimos.

—A mí también. Está muy bien el Colatrane ése.

—Sin A.

—Bueno; sin A. Como se llame. ¿Qué importa?

Alzarse, tenerse en pie, mirar hacia el rincón, ya era de por sí una empresa arriesgada. De pronto el tocadiscos aparecía lejos, inalcanzable y un temor imprevisto le impedía franquear el espacio a sus pies, cuadriculado de baldosas.

—¿No te importa dejarlo para luego?

Se sentó en la cama esperando que el disco comenzara a girar por sí mismo.

—¿Por qué eres tan espeso?

—Bueno, un último intento.

Ahora se hundía en la cuadrícula roja y blanca, las piernas se doblaban, no caminaba un paso. Y era extraño porque lo demás: la fatiga, el tedio, los escrúpulos de que Maty pagara la habitación y el viaje habían huido, se borraban de pronto. Sin embargo, los escrúpulos volvían.

—¿Estás dormida?

No contestaba. Dejó caer con cuidado hacia atrás la cabeza y al tiempo que la hundía en la almohada, vio su cuerpo desnudo a medias como en esas fotografías de crímenes pasionales.

—¿Estás dormida? ¿No vas a bajar luego?

—¿Para qué?

—Yo tengo hambre.

—Yo hambre y sueño. Tengo la lengua como si me la estuvieran pisando.

—¿Qué hora es?

—No sé. Es hoy, jueves, por la mañana. No; por la tarde.

Buscaba su reloj por la mesilla, tanteando los bordes, tratando de posar las manos sobre el cristal como para una sesión de espiritismo. Pero el cristal se hacía húmedo, blando a su vez, un lago frío y redondo en el que se reflejaban aquella boca de labios cortados y sus ojos oscuros de tan rojos. De improviso llegaba un falso, torpe sueño. Volvía a tumbarse, a cerrar los ojos, pero la imagen del pequeño lago seguía en la oscuridad virando desde el azul hasta el violeta. Volvía también la música del disco, aquel tipo maldito de nombre sin A que dejaba entrever razones poderosas para quedar allí, tumbado en el somier, ahora que el mundo marchaba cada vez mejor, camino de la paz y del progreso.

—Maty.

—¿Qué quieres, hombre?

—Cuéntame algo.

—Claro...

—¿Me escuchas?

—Sí, te oigo, muérete, déjame en paz.

Y sin embargo era preciso compartir con alguien aquel convencimiento de que las cosas iban a arreglarse. Se alzó otra vez y cuando sintió el frío de las baldosas taladrando los talones, procuró orientarse hacia la otra cama. Pero apenas había avanzado unos pasos y ya Maty se tapaba con la sábana.

Juntos los dos nadaban ahora en aquel mar templado de más allá de la ventana. Maty con su cuerpo delgado, tan azul, tan manejable, vuelta al fondo la espalda, mirando hacia las nubes, rompiendo el agua con el tajo profundo de su espalda. El viento traía un olor dulzón, amarillo y la música aquella del nombre complicado, sin letra A, dividida, troceada en puntos y guiones. Aquellas nubes rojas, como sus ojos, le hacían bien, le ayudaban en aquel esfuerzo fácil ahora, de los dos cuerpos avanzando juntos, golpeando, hiriendo, rotos en un instante, abrazados, sonámbulos, entre los pliegues empapados de sudor y ese olor empalagoso de las sábanas.

Ahora Maty de bruces, maldiciendo entre sueños quién sabe qué. El mar fuera otra vez y el hambre subiendo a golpes del estómago a la boca. Doblarse un poco, encogerse, buscar aquella punta encendida, abandonada por un instante sobre la mesilla. Sólo queda su mancha oscura, olorosa, en el borde del cenicero. Tanto da. Dentro de nada, los dos estarán en el séptimo sueño. Dentro de nada, cerrar los ojos y olvidar el parque. Escribir desde allí mismo a César, romper como los novios, no volver a dormir en su casa. Buscar ese trabajo en que siempre piensa, cambiar de facultad, de amigos, marcharse por un tiempo. No dejar que te cojan, que te pongan junto a los demás, con tu foto, esa foto de la cartulina vieja de años y polvo en el fondo perdido de los grandes archivos metálicos.

Olvidar el jardín, aquel otro jardín de la villa en lo alto: comité, contracomité, ponencia tras ponencia. Una pregunta particular, privada, al compás de la música aquella que comienza, ¿cómo comienza? La pregunta es, dice, escrita con grandes caracteres en la sala principal: ¿Para cuándo la revolución? ¿Para cuándo el partido al poder? No en esta generación, desde luego, te responden. Tal vez en la siguiente. Para eso estamos luchando.

Tristes jardines, melancólicos jardines que conviene destruir, dinamitar, olvidar, amar tan sólo en el recuerdo, palacios grises, verticales como aquél, en el medio del lago, alquilado por unos días, por un mes, a los dueños que no aparecen por él, que ya no vienen como todos los que se bajaron a la costa.

Poco a poco, el tenue resplandor acabó concretándose. Extendió la mano en torno, palpó su propio cuerpo desnudo, frío e intentó situar los puntos luminosos que se iban abriendo paso en la penumbra. Durante un tiempo se empeñó en buscar la pequeña radio que César le prestaba a la noche, aquellas mantas pesadas de tan viejas, el tacto metálico, barroco, de la cama, hasta que al fin la ventana vino hasta él, se acercó otra vez súbitamente y el golpear monótono de la marea fue colocando todo: paredes, radiadores, camas, en orden, cada cosa en su sitio dentro y fuera de la cabeza. Ahora aquel monótono latido se había trasladado más abajo del pecho, a punto de convertirse en náuseas. Buscó a tientas la camisa y el pantalón y una vez extendidos sobre las sábanas recordó de repente el lugar donde se hallaba el interruptor. Encenderlo fue recibir una descarga blanca, hiriente, que luego en la oscuridad perseguía a sus ojos por todos los rincones. Buscó a tientas la bolsa de los bocadillos y la fruta y tragó sin masticar apenas, los últimos restos. El dolor pareció ceder, sobre todo con el agua mineral, más templada que el

242

resto de la cena. Ya los ojos se acostumbraban, reconocían la habitación en torno. Sin mirar hacia la cama de Maty supo que ella no estaba, pero aun así, antes de salir, palpó las sábanas como intentando asegurarse. Luego bajó flotando aquellos escalones blandos como chicle, cruzó ante el mostrador de recepción y salvando a buen paso la carretera fue a explorar con los ojos doloridos, la arena revuelta aún por el viento y la marea.

Vibraban en el aire las cañas rotas de los sombrajos del hotel y una doble hilera de luces y motores, se alzaba y caía en las tinieblas pobladas de reflejos.

Viendo a Maty, de bruces, con el rostro casi cubierto por el pelo, sintió que aquel golpear pesado del vientre le subía de pronto a las sienes. Luego el cuerpo de Maty fue creciendo en la arena, tomando forma a su lado, en otro cuerpo más grueso, oscuro, no mal hecho, con el pelo negro también, pero corto y rizado.

Volvió sobre sus pasos, cruzó de nuevo ante el mostrador de recepción donde ahora el muchacho le saludó saliendo por un instante de su sueño, y subiendo a la habitación, apuró de un trago la poca agua que aún quedaba en la botella, tumbándose, tal como estaba, sobre las sábanas.

Al día siguiente Maty le presentó a su amigo de la playa. Tenía un coche grande, con una placa que no supo interpretar y estaba dispuesto a llevarles al otro lado de aquel mar salpicado de gaviotas.

—No pongas esa cara. Es ahí enfrente. Quince kilómetros en línea recta.

—¿No estuvo nunca allí?

—No; nunca.

—¿Qué? ¿Te animas o no?

—Es una hora, pasar el Estrecho.

Hablaba con cierta amistosa superioridad y aparentaba cinco o seis años más que desnudo a la noche. Un viaje no muy raro pero un poco especial, de esos que acaban de un modo inesperado. Maty y el otro. Total, ¿qué más le daba? Tantos vendrían y tantos vinieron antes, marido incluido, aquel que se casó con ella por hacerle el favor, para sacarla de casa y luego separarse.

Mala conciencia, diría César, sentimientos propios del tío a quien sería preciso poner desde el otro lado del mar una tarjeta.

En el puerto, antes de entrar con el coche en el barco, el otro se alejó hasta la aduana, con la carta verde.

—¿Pero quién es? ¿En qué lío te metes?

—Lío, ¿por qué?

—¿Qué sabes de este tío?

—Nada; que tiene una fábrica allí. — Y señalaba un lugar concreto al otro lado del mar sin saber que apuntaba a todo un continente.

—Bueno, tú haz lo que quieras Yo me quedo.

—¿Tienes para el billete?

—No.

—Toma. No hay más. A ver si con eso tienes bastante.

No era bastante para dejarla marchar. Viejos prejuicios se debía llamar eso. No le gustaba aquel tipo del coche, tan normal, que tenía su fábrica de explotar marroquíes, quién sabe cuántos kilómetros abajo.

—No seas necio. No te preocupes tanto. Toma el dinero. Saca el billete y en paz.

—No es por mí.

—¡Ah! ¿Es por mí, entonces?

—Por los dos. ¿Por qué vamos ahora a separarnos?

—Pues entonces vente. Si no nos gusta aquello nos volvemos.

Querida absurda Maty, tan decidida como necia a ratos. Necia, ¿por qué?, ¿por quedarse luego allí casi un año?

Maty allá en el coche, cruzando el campo verde y azul brillante, sembrado de chozas apenas visibles a no ser por las planchas metálicas del tejado, camino de la ciudad acurrucada en el regazo de aquel paredón cárdeno coronado de nubes como torrentes de espuma azul, cayendo sobre muros y terrazas desde lo alto. ¿Cómo explicar? Maty de charla con los obreros del vaso de té en la mano y la

mirada astrosa como la ropa, los zapatos bíblicos
de tan retorcidos, carcomidos, viejos y esa mirada
entre vaga y hostil, común a todos: policías, gente
de campo, mendigos, aduaneros. Maty con las mujeres, las menos recelosas, hebreas altas, majes-
tuosas como los ciegos que se acompañan cogidos
de la mano, por las calles mezquinas donde la luz
no llega. Campesinas deformes con la cara asomando entre encajes y fardos, niños con la cabeza
untada de betún, pintadas las orejas con un tinte
morado. Librerías inverosímiles, el hombre de la
carne dormido de bruces, escuchando en ella, el
último estertor del animal. El sastre al sol, con el
niño ayudante devanándole el hilo de la máquina
desde el centro de la calzada, y el olor del desolla-
dero en donde los pellejos nadan sobre la sangre en
medio de un vapor de hecatombe que no borran
después cincuenta cigarrillos seguidos. La ciudad
toda sangre, mugre, carcoma, pasos, rumor de cascos, viejos rezando a solas, murmurando al sol, llagas por donde asoma sus raíces la carne. ¿Cómo
explicar?

Y a la noche, Maty en la barra del bar, amiga de la
otra chica que movía luego, en la pista, cada centí-
metro de vientre, de muslo, de caderas, sujetan-
do al tiempo la antorcha encendida, entre los
dientes.

Después aquellos nocturnos viajes hasta barrios

tan difíciles de encontrar al día siguiente, con la cabeza apenas despejada.

Largos, nocturnos, olorosos viajes que acababan siempre con la boquilla en forma de fagot, entre los dedos, llenando hasta estallar el vientre y los pulmones, escuchando, sintiendo las palabras golpear en la frente; las mismas palabras de siempre: asamblea, oposición, poder, ocasiones perdidas, ejército, fidelidad, derrota. Todo: palabras, jardín, apartamentos alquilados, Facultad, clases, uniformes color oliva, cargas de los grises, miedo, el cielo de París licuándose solemne, noche tras noche, aquella villa, fortaleza vertical junto a los lagos, camino de Suiza, todo reducido al tiempo que dura esta música eternamente igual en la que cada tono se corresponde con su tono de color agrio-amarillo, hasta el resplandor blanco, total que te adula y te inquieta a la vez, cuando el cantor del vaso de té en la mano, igual que los obreros de las tolvas, te mira, se dirige hacia ti, te invita a participar en quién sabe qué secreta ceremonia.

Palabras que no entiendes — pero no importa —, que ellos se encargan de que no entiendas cuando no les conviene. Quizás hablan de ti — pero no importa —, quizás el que se ríe a solas, en su rincón, se ríe de ti, de tu cara cada vez más ajada y pálida —¿cuánto hace desde tu última comida?—, ajeno, eso parece, a cuanto sucede en rededor, incluso a aquel rincón morado donde Maty se ríe y charla con el otro y con ellos. Lo que importa, el único miedo capaz de abrirse paso entre el humo blando y pastoso de la música, es la idea de perder ese camino, hilo, amistad, referencia de amigos que mañana, más o menos a hora parecida, te traiga hasta aquí otra vez, te permita hablar, perorar, discurrir sobre las causas de la guerra que sólo por los libros sabes, que ellos, algunos conocen a lo vivo, en su carne, de cerca. Un fluir de palabras atropellado, necio, a cuyo compás la habitación crece, se estira según la música, murmullos que se alzan, crecen dentro, sin pausa, en los nidos ocultos de tu cabeza. Los libros se adivinan apenas como una muralla con aspilleras blancas, la mesa enorme es de fórmica roja como la hecatombe de la mañana en el zoco de las pieles, las lámparas de cobre iluminan los cuadros y los pósters, y se aplastan contra los muros, se funden con ellos hasta formar un pasillo deforme, igual que una burbuja de cristal con esa puerta que te llama, al fondo. Ahora todo se oye detrás, a tus espaldas: las palabras, sonidos sólo pero que sabes lo que significan, palabras con olor a jazmín, a menta, a hierbabuena. ¿Cómo explicar? Vas subiendo, te alzas sobre los escalones de madera. Las risas quedan atrás, la voz de Maty que las otras apagan. Esos muros hinchados de cal te golpean al pasar, en las caderas. Bastidores de cuadros seguramente a medio terminar, lámparas, desaparecen, se transforman por los rincones en donde los peldaños pierden su forma y apuntan cada vez más hacia arriba.

Y finalmente, ese cielo tan negro, visceral, sobre la ciudad plana, sin formas, ni relieve, tan sólo con sus dos minaretes míseros. La ciudad dentro de su muralla carcomida, abierta hacia lo alto de sus terrazas astrosas, pintadas de colores que se adivinan repletas de cajones, colchas, mijo puesto a secar, bicicletas y plásticos. La ciudad, parecida a todas las ciudades, encorvada, encogida sobre sí misma, hacinada en esteras y camastros, rumiando, eructando, fumando, haciendo el amor plural y espeso, como Maty ahora, mirando la claridad de fuera, que se espera, como la espera el tío, desde su mirador, al otro lado del mar, mirando seguramente el parque.

("Todo acaba arreglándose, mujer — dirá, murmurará la máscara del tío —. No te preocupes tanto. Si fuera chica sería otra cosa. Siempre hubo chicos díscolos, más difíciles de meter en vereda que los otros. No es que sea agradable, pero así es el mundo. Hay que hacerse a la idea, buscarles algo para vivir, para que vayan tirando y esperar que se casen. Yo recuerdo que también estuve cerca de un mes fuera de casa. ¿Y qué pasó? Pues nada. Cuando se me acabó el dinero me volví. Total me había ido a noventa kilómetros escasos. A mí me parecía la mayor aventura del mundo hasta que vino la guerra. No te preocupes. El caso es que no te cueste demasiado dinero. Tiempo hay por delante, pero el dinero si puedes, no lo toques. Cuando se le acabe, ya volverá. Todos los hijos no van a salirte como el mayor; todos no dan las mismas satisfacciones.")

Cantos de gallos, el cielo color ámbar, el cuerpo helado, roto de tan frío, los huesos astillados en diminutas esquirlas infinitas. Otra vez escaleras abajo. Al pasar ante el baño, camino de cualquier rincón, la puerta cede y Maty, como siempre a esa hora, ante la taza, como un rito, vomitando. Apenas ve, no llega a enderezarse, aunque tuerce por un instante la cabeza. Vomita té, whisky, gin-tonic, bilis color de sangre que da miedo, por los ojos, por la nariz, a través de los poros y los dientes. Hace ademán de que se marche, que se vaya y tiene razón. Al cerrar la puerta se tapa el rostro otra vez con la melena, quizás para no verle, quizás para no verse a sí misma en el ojo dorado del espejo importado que cuelga encima.

Le explicó que se iba. Cogía ese autobús que, a la mañana, salía de la explanada junto a la fábrica. Un autobús deforme, despintado, repleto en cambio por dentro de colores, cháchara, mugre, animales ocultos y vientres llenos de las pastas que allí enfrente, su amigo fabricaba. Intentó convencerla de que al fin se acabaría aburriendo con el otro.

—De día, sí. De noche, no lo creas, cambia mucho, se anima no te imaginas cómo; resulta divertido.

Le dio un beso cerrado, profundo, casi maternal y quedó ya con su rostro de cristal a punto de romperse, con su blusa anudada sobre el ombligo, sus babuchas y sus ceñidos pantalones, bajo el calor nublado del patio de la fábrica.

Ha tenido que hacer un verdadero esfuerzo para volverla a ver, para irla a encontrar. Un poco por no hallarla así, en torno de esos ojos que, día a día, se hacen cada vez más solemnes, aunque el médico, amigo del otro, dice que no hay ni el menor asomo de peligro. Ha entrado recelando porque aunque le aseguran que todo va normal, según están las cosas, nada tendría de particular que tomaran nota de amigos y visitas.

El amigo la trajo en avión, la ingresó y ya no está, pero paga a través de su cuenta corriente. No está mal; para algo tendrían que servir los bancos.

—¿Y tú? ¿Qué vida haces?

—La de siempre. A ratos, en el mío particular.

Maty apenas se ríe. Tiene razón.

—¿Sigues durmiendo en casa de César?

—Hasta que acabe el curso. ¿Y tú? ¿Cómo vas?

—Aquí estoy, deseando levantarme. ¿Sabes que vino mi primo a verme? ¿Cómo pudo enterarse?

Su primo, su marido. Debe ser suyo ese ramo de flores de la ventana.

Maty dice que le dan el alta esta semana. Puede ser. Que el amigo de la fábrica de sopas se separa de su mujer que vive en la Península con un montón de hijos. Que a lo mejor se casan. Puede ser. Adiós, Maty, no vuelvas por aquí con esos ojos solemnes como los de los ciegos aquéllos, tus muslos y tus pechos que apuntan a veces como acusando y a veces se desvanecen apenas se les roza. Vete, vámonos, tío, vamos fuera de ese rincón, de este jardín donde estuvimos encerrados. El sol huye también más allá del estanque y la humedad te arranca la carne de los brazos. Atrás quedan los pinos que veíamos, contábamos, tú escuchando el rumor de los disparos, yo cansado de hojear inútiles apuntes, los dos atentos a ese reloj común, a esos castaños que ahora, en primavera, un año más, levantan en el aire sus penachos blancos.

Índice